那夜箫声是唱着"接受"，接受天命的限制……接受残缺。接受苦难。接受墙的存在。

——《我与地坛》

奇迹游乐场

筱慢著

浙江工商大学出版社 | 杭州

图书在版编目(CIP)数据

奇迹游乐场 / 筱慢著. —杭州:浙江工商大学出版社,2019.11

ISBN 978-7-5178-3508-0

Ⅰ. ①奇… Ⅱ. ①筱… Ⅲ. ①中国文学—当代文学—作品综合集 Ⅳ. ①I217.2

中国版本图书馆 CIP 数据核字(2019)第213765号

奇迹游乐场

QIJI YOULECHANG

筱　慢　著

出 品 人　鲍观明
策划编辑　沈　娴
责任编辑　沈　娴
责任校对　刘　颖　夏湘娣
封面设计　观止堂_未氓
插图绘制　千　木
责任印制　包建辉
出版发行　浙江工商大学出版社
(杭州市教工路198号　邮政编码310012)
(E-mail:zjgsupress@163.com)
(网址:http://www.zjgsupress.com)
电话:0571-88904980,88831806(传真)
排　　版　杭州朝曦图文设计有限公司
印　　刷　安徽新华印刷股份有限公司
开　　本　880mm×1230mm　1/32
印　　张　7.375
字　　数　165千
版 印 次　2019年11月第1版　2019年11月第1次印刷
书　　号　ISBN 978-7-5178-3508-0
定　　价　58.00元

序

在北京这个景点和新闻都过于集中的巨无霸城市，什么都大，如果有什么事非得进京办理的话，往往不是中了“大彩”就是挂了“大彩”，来开的会必是大会，来领的奖必是大奖，来办的案必是大案，来治的病必是大病……你就待在这城市哪儿都不去，也能在这部《京华风云》大片里轻易阅尽人世沧桑、起落沉浮、生死荣辱。

在某个夜晚，筱慢个人微信公众号里突如其来的一篇文章——《不好的消息》，硬生生砸在了我的头顶上，让我半天回不过神来，不给我半点喘息的时间。就在这天晚上，我还跟这个专业同道在微信上讨论“差点儿结婚/差点儿没结婚”为什么是反义，“差点儿离婚/差点儿没离婚”为什么是同义；就在这天的白天，我还在汉语国际教育硕士课堂上分享筱慢刚出炉的幽默文章《教了“歪果仁”以后，我觉得我说了个假中文……》，看到这个统计学出身的中国人教外国人学中文的“吐血”经历，我的学生们笑得差点儿“喷饭”（跟“差点儿没‘喷饭’”什么关系？）。

7年前，在我们学校附近的北京大学肿瘤医院，我时隔20年再次见到了中学班主任老师——筱慢的妈妈，也见到了似乎从当年蹒跚学步到瞬间长大，却又重新像婴儿般躺倒在病床上的筱慢，久别重逢，却有惊无喜。7年间，看着她一次次来北京，乳腺癌治疗和复查结果越来越好，并且已经踏上了正常的工作生活轨道，在新加坡谋到一份不错的教职，而且离她钟爱的文学梦越来越近——成功申请到香港中文大学的文学硕士就读资格，心下十分庆幸：总算吉人天相，有惊无险啊！

可是，人们永远不知道，明天和意外，哪一个先到来。生活远比我们想象的险恶，在暂时的风平浪静之后，你不知道下一个扑面而来的会不会是致命的巨浪。就在那个突如其来的夜晚，天上又掉下个白血病！我拼命地抹眼睛，试图证明不是泪水模糊了手机屏幕，而是我的眼睛开始老花，看错了。可是我终于明白了什么叫“不以人的意志为转移”，有一些东西是我们永远无法操控和超越的，譬如时间，譬如病魔，譬如命运……

经过艰难的第一次化疗，待血象稳定后，筱慢从新加坡再度转院到离我家很近的北京大学人民医院，并决定做价格高昂、恢复期漫长，但是有希望绝处逢生的造血干细胞移植。这是一场持久战，我们也因此有了更多的交集。

我将相关的朋友拉到一起，组建了“关爱筱慢北京行动”微信群，希望可以帮到她。可是很快就发现，我们所能做的是多么有限，我们甚至都不知道可以说什么。疼痛是一种锥心的私人感受，它让带有公共性质的语言沟通变得困难。我不能知你的疼，正如你不能做我的梦。叫她“忍耐、乐观、坚强”？对一个苦难中的人，这样的话到底是安慰，还是残忍？没有什么比让一个人在患病时学习忍耐更困难，世界上没有什么比他们的痛楚更确定。这痛楚令病人的世界缩小到只有身体的大小，或者让身体膨胀到充满整个宇宙。安慰她“好人一生平安，相信一切都会好起来的”？你凭什么有这么大的把握？是大夫还是上帝给你"剧透"的？这种毫无来由的相信流于空洞，显得不着边际，更像是一种自欺。我发现，在苦难面前，我们集体失语了。

我们从小被教导了各样的"人生观"，却从来没学习过"人死观"，白岩松说"我们从来没有真正的死亡教育"。我们的文化对"死亡那不便言及的气味"(W.H.奥登)总是避之不及，因此也很少有真正意义上的生命教育。学者刘小枫将中国文化定位为一种适性逍遥的"乐"感文化。所谓"乐"感文化，用港台剧里的金句来说就是"做人呢，最重要的是开心"。相应地，朋友圈也有了各种"晒"，"晒"业绩、"晒"获奖、"晒"恩爱、"晒"美食、"晒"孩子……但很少见到"晒"失业、"晒"离婚、"晒"家暴、"晒"伤口、"晒"眼泪的。用各种挠人心肺的段子消磨对苦难的无奈和恐慌，用"鸡血横飞、鸡汤满盆"营造一种人人唾手可得的成功学的海市蜃楼，从而实现背后一次次完美的公众号商业化运作。那些捂着被子哭不出来的痛楚，那些轰然决堤的悲伤，那些撑不下去的黑暗时刻，都被强装的淡定和努力营造的坚强生生取代，悄然抹去。只见天上轻盈飘来五个字——"那都不是事"。在乐观坚强的面具下，我们越来越身手不凡，也越来越远离真相。

然而，在突如其来的重大苦难面前，一切人造的歌舞升平都顿时血色尽失。苦难暴露了我们内心最真实的光景，让我们在失去的时刻重新评估过去，在跟死神的对阵中学习生命的功课。它把我们那些并不存在的"皇帝的华服"一件件褪去，暴露赤裸的真实：你在哪里寻找生命？你在哪里寻找意义？你在哪里寻找希望？

有人说，人性不是用来考验的，不信你去医院看看，那里的无影灯能毫无遗漏地照透人间冷暖、世态炎凉。生命的开始，在医院；生命的尽头，也在医院。在这距离生死最近的地方，每天都上演着生离死别的悲歌、金钱与良心的较量、温情和残忍的交织，甚至爱情和亲情都可能露出它们不堪的破碎底色。病痛带给我们生理上的剧烈伤害，带来面目全非的丑陋，带来经济上的贫困，带来他人的轻视，带来亲人的吵架，带来恋人的离开，它刺伤人的自尊，甚至带走至亲的生命。

然而，哪里有危险，哪里就有拯救。苦难不是结束，而是一个新的开始，因为苦难能让我们去寻找真正可靠的力量。正视这些痛苦，恰恰是真正喜乐的起点。苦难本身没有意义，但克服和战胜苦难可以提升苦难的意义。陀思妥耶夫斯基说："我只担心一件事，就是配不上自己所受的苦难。"我们愈是能接受生命的本然，就愈发能得到内心真正的安宁。

加拿大医学家威廉·奥斯勒(Willion Osler)说："一个好的医生治好这个病，一个最好的医生治的是这个生病的人。"医心比医病更为重要，很多癌症病人是被吓死的，突如其来的疾病会让失去掌控的心变得前所未有的脆弱和恐惧，恐惧会加快癌细胞的吞噬速度。经历过苦难的人并不天然能成长为有智慧的人，苦难带给我们的痛苦、挣扎和迷茫极易产生新一轮的抱怨和苦毒，从而成为伤害自己或别人的利器。然而，有些人自己受了伤就更能体会别人的伤痛，他们不仅能在自己所受的伤害中成长，还可以因着这样共同的际遇，在别人受伤时给予共情、安慰和新的看见。哪怕肉身几近瓦解，病者的心仍然充满着生命力，甚至有余力慈悲地回馈。

筱慢把她与癌共舞的生命历程跟她的文学自修课程结合起来，便有了《奇迹游乐场》一寸一寸叠高的文字。随着她个人微信公众号的影响力越来越大，越来越多的癌症患者进入筱慢的"游乐场"寻求力量。他们都是筱慢同舟共济的难友，她能真切理解他们的痛苦、恐惧和绝望，这是一般健康人很难与病患建立起来的共情。古人说，"诗可以怨"，文学最大的情感功能就是释放和治愈悲伤。痛苦锻造了筱慢的怜悯和宽广，使她的生命之杯满溢。筱慢的文字，并没有塑造出一个顶天立地的抗癌英雄，我们也看不到高大上的道德榜样，她用看似轻盈实则力达千钧的笔力艰难消化着自身的不幸，认真掂量每一滴眼泪的分量，或赤裸裸摊开内心的破碎，或用笑声包裹住尖锐的疼痛，她的笔触进入伤害之处、痛楚之地，与悲惨的人同呼喊，与孤单的人同伤悲，与哀哭的人同哀哭，让读者一边流泪，一边被治愈。

其实，与"癌"共存是每个人的生存常态，我们每天都需要跟各种看得见的"癌"（外在的苦难）和看不见的"癌"（内心的苦毒）作战。所以也可以说，这些文字治愈的远不止病患。

对抗疾病绝不是一个人的战斗，每个人的生命都只是爱的生命链上的一环。人活着，就是被需要。有人因你的存在而快乐，有人因你的离去而倍感荒凉，你就不能随意撒手而去。孤独比贫穷更可怕，冷漠才是这世上无药可医的绝症。"癌"与"爱"中间只隔着一个声调的距离，转换有时只在刹那之间。本书中收录了筱慢亲人和朋友的几篇文章，字里行间除了对筱慢得癌的痛惜，更多的是满溢的温暖和关爱。病痛早已将筱慢的亲人和满世界的朋友用爱相连。

此时窗外，除夕的鞭炮已经炸开了岁暮的沉沉暗夜，喜庆的对联温暖着人们喜忧参半的生活，大红"福"字用热血呼求着福祉的降临。几千年来，即便是在最寒冷的时刻、最贫穷的日子、最困惑的瞬间，我们民族也从未对春节失望。在这个孕育希望的时刻，卸下一年里所有的疲惫、迷茫和落魄，重新启动人生的程序，加载人间的温暖、爱意与祝福，向着喜乐猪年进发。朋友圈又发新春励志段子了：做猪呢，最重要的是开心。

邹立志

于2019年2月4日除夕夜

自　序

我是筱慢，一个被命运亲吻的孩子

我是筱慢，今年27岁。

21岁以前，我一直都是一名普普通通的女学生。

17岁空降新加坡，一脸茫然地顶上了留学生的称号，在大学里各种放飞自我。作为一名统计学专业的学生，一到算钱就脑袋“抽筋”，反应迟钝。数字对于我就像楔形文字一样难懂。曾经酷爱街舞，一直坚持写作，和朋友没心没肺地吃吃喝喝、打打闹闹，充满“谜之自信”，感觉世界上所有的大门都会无条件为我敞开。

直到21岁，我得到了另一个身份——乳腺癌患者。

这个身份一带就是7年。其间感受，五味杂陈，一言难尽。

到了2018年，我再一次获得了新身份——白血病患者。

我的故事，真的不简单。

2012年7月，第一次治疗

当年我在新加坡读书，大二刚结束的那个假期里，一天晚上我无意间摸到自己右乳皮肤内有个肿块，还不算小。可能是因为我妈在我高中的时候也得过乳腺原位癌，所以我对自己的身体变化还是很敏感的，立马就警觉起来。正好当时是假期，回家后，爸妈就陪我去做了检查。

我们小城市的医生还算负责，看了B超结果以后觉得情况不太好，但看我年轻，在小城市只有全切这一条路，所以秉着对我负责的态度，推荐我到北京大学肿瘤医院找知名专家王大夫，然后做进一步诊疗。

当天下午，我们一家就收拾了几件衣服，订好了机票飞往北京。在北京一待就是9个月。

治疗的过程都大同小异，保乳手术、淋巴清扫、化疗进行了8个疗程、放疗进行了30天。一套程序走下来，也没遭多少罪。

在北京治病的日子是很安逸的，每天和我妈买菜做饭，到公园走路锻炼，回到家看看书、看看剧，顺带我还考了一个金融分析师的一级证书。

2014年6月，复发

2013年5月，我完成乳腺癌第一次治疗的所有流程，回校读大三。未曾预料到，竟会经历一段比治疗时更充满挣扎和成长的时光。

疾病本身并不可怕，让人介怀的反而是病愈之后要面临的变化。

应对变化，这一点我的确并未准备好。一心想着回归正常的生活，但真正地回归后，面对的已经不是过去的现实。

和朋友们阔别一年多后再次相遇，我感受到巨大的心理落差：所有人都准备好迎接实习、工作，准备走入社会，我却顶着刚长出毛的小平头，“激素脸”也还没消肿，心里因为将近一年的缺课而对所有实习项目都缺乏信心。校园里大家朝气蓬勃、充满干劲，这种氛围像一只手推着我、拉着我，叫我赶快跟上步伐，可我却力不从心。

生活的“必做事清单”也突然发生了巨大改变：每天按时吃药，每个月去医院打针，每3个月去见一次化疗医生，每半年去见外科医生，每年定期地抽血、做B超、照CT、做MRI……生活总在围绕着这些“重要的日子”打转，仿佛地球的极点突然偏离了原有的位置，磁场变得紊乱，指南针也难以指明方向。

这些失落、迷茫持续了好几个月，逐渐在时间的安抚下被慢慢消化了，在年末我还找到了两份不错的实习生活，生活似乎正在慢慢回归正常。

直到2014年6月份的复查。

新加坡的医疗设备在全世界一直都是数一数二的，所以当B超和钼靶显示我原来的伤口附近又出现了两个很小的肿块时，坏结果已经八九不离十了。后来做了活检，就确诊复发了。

面对复发的心情，和第一次患病时就有很大不同了。我之前不是没有想到过会复发，我只是觉得，才回归普通人的生活不到两年，我又要变得与众不同了，为什么没有给我多一点点时间？

还记得我和闺密在医院里拿到检查报告单时，我抱着她号啕大哭，说得最多的就是：“要帮我照顾好我爸妈！”

我第一次想到死亡。

但我实在感恩命运的馈赠。在确诊的当天我打电话给北京的王大夫，他告诉我，马上过去，立马住院，都给我安排好了。隔了两天，我和父母就飞到北京，住进了医院。王大夫来看我，还掉了眼泪，说最喜欢的病人怎么又出状况了。我当时心情已经恢复过来，看他心疼的样儿，我倒安慰起他来。

其实这次复发发现得非常早，小肿块都只有几毫米，在做活检的时候病灶就已经穿没了。但为了以后省事，我还是坚持做双乳全切再造。我觉得这个时候，我才开始摒弃一些世俗的观念，真正接纳自己癌症病人的身份。

做了全切，就不用做化疗，只是双乳再造的注水过程还需要3个月。所以我和老妈又在北京悠闲地待了4个月，把北京逛了个遍，还去山东旅游了半个月，爬了泰山。

这次复发，可以说完全改变了我的价值观。我真切感受到命运的强大和人类在其面前的无能为力。我开始看哲学、心理学、宗教等相关的书籍，来找寻生命的意义，在这个过程中找到自己以后要走的路。

等到2015年回到学校读书，我毅然决然地放弃了往金融领域发展的想法，因为那只是人云亦云的跟风之举，我的能力和愿望都不在那个方面。我热爱文字，所以我下定决心，要在新加坡当一名中文老师，即使这是收入很低的一个行业。

做出这个决定一点也不困难，因为经历过生死，所以懂得什么才是自己真正想要的生活。

2018年5月，白血病

命运就是爱我，没办法。在乳腺癌的威胁逐渐散去的时候，我又得到了白血病人的新身份。

但我就是一条打不死的大锦鲤，我又一次及时地得到了优秀医生的救治，现在移植完4个月，一切状况良好。

命运的反复碾轧，其实是一次次的馈赠，我对此一直心怀感恩。每一次的险境，周围都有着无形的爱与温暖帮我化解，助我跨入新的生命征程。

亲朋好友总说我是“女战神”或者“抗癌斗士”，但我自己从不用“与癌症抗争”来形容我的经历。我们除了在科学领域能够与癌症抗争之外，在日复一日与病痛相伴的日子里，患者学会的只是如何适应。就像我从来都不觉得自己“坚强”，我只是在数次变道中，接受了生活无常的轨迹。

当白血病突然闯入我的生活后，几乎毫不犹豫地，我决定把自己的治病过程和这一路以来的感悟在我的个人微信公众号“筱慢的游乐场”里记录下来。这些经历过去可能让我郁闷、难过、心酸，但也因此让我此刻的笔触变得欢喜、慈悲、温暖，而这也是我想带给这个世界的东西——一座治愈的游乐场。

此刻，这座游乐场经过7年的艰辛建造，又在砖泥之上装饰以文字词句，以它最好的面貌呈现在你们的面前，这难道不是生命的奇迹吗？

穿行于风雨之中，那吹在脸上、从发间滴落的，是无所不在的奇迹。

《奇迹游乐场》正“开门营业”，愿各位游客看过、笑过、哭过、沉思过，回望生命，终觉得奇迹。

筱慢

2019年2月18日

目　录

第一部分　路上的风景

第二部分　我也曾很抑郁呀！

附录　温暖和爱

奇迹游乐场

第一部分

路上的风景

与医院的缘分

我“又双叒叕”住院了。没错，这已经是第4次了。

别人命里缺金，我命里缺医生，长期不见憋得慌。曾经有各种各样的医生从我的生命中路过，有温柔体贴的，有霸气骄傲的，还有风趣幽默的。

这次是因为什么呢？嗯，一块瘀青，贼大贼紫贼恐怖，让我早上一起床就受到了“10万点”惊吓，立刻打电话请假去看医生。这家诊所的效率还是可以的，下午我就被医生神神秘秘地叫回去看结果。检查单上血小板一栏赫然写着“14”（按新加坡的标准，140为正常值下限），于是我立马被送往医院。急诊医生瞥了一眼报告单，神色大变，推来一个临时病床，强制我爬上去躺着不能动，当天在血液科病床全满的情况下，硬将我塞进了神经内科……我一脸茫然地在神经内科待了两分钟，思考了两分钟关于我的血小板和神经内科的关系，无果。然后又被一群护士火速送到了……肠胃科？一看周围，都是插着尿管和连清水都不能喝的大妈。然后，我一个血液病患者就和平地住在了肠胃科。

看来血液科真的没有床位，新加坡人的肠胃还是比血液健康那么一点点的……

唉！命运啊，你怎么能这样呢？！怎么又让我过上了大爷一般的生活！

我咒骂着命运，在软乎乎的病床上伸了个懒腰。

这次，我从一名前一天还在讲台上滔滔不绝、唾沫横飞的人民教师，变身成为上厕所都要被叮嘱“你的血小板真的非常低，不要滑倒啊！”的“瓷娃娃”，只用了一天时间，我根本没有时间准备入院用的洗漱用品，想到我即将全身发臭变油腻，心里不禁涌上一阵忧伤。然而这心操得有点早，雷厉风行的室友们在当天就给我准备好了所有的日用品，包括最重要的一次性内裤……

哎，等等，我还没正式介绍我的室友，倒回去一点，倒回去一点。

首先是绵羊，她就是一个软糯可口的……小胖胖，“颜值”巨高，堪比“女团”成员。擅长摄影的马小姐之前就说过，绵羊要是瘦掉20斤，妥妥地，全网最美，无论做美妆博主还是进行“吃播”，都是一把好手。听到没，绵羊，我在这敲桌子了，少玩《王者荣耀》，少看点“吃鸡”（打游戏《王者荣耀》）视频，去操场上跑10圈去！

占据我家主人房的是一个很神奇的妹子——独角兽。人家可是创业女强人，一心想创立估值10亿美元以上的“独角兽”公司！祝愿她在一堆综艺和肥皂剧中实现她的目标……不过“小角角”的领导能力是杠杠的，公司开得风生水起，什么事情都安排得井井有条，说一不二，颇有成功企业家的风范！呃，如果她放下手中那只烤鸡的话，可能会更像。

接着就是独角兽的万年好老公——哈士奇。小哈外表温文尔雅，内心却有一股神秘的力量——沉迷于郭德纲的相声和网上的神奇视频无法自拔，家里半夜经常回荡着他“he he”“ho ho”“hea hea”的笑声（原谅中文中还没有任何词语来准确地形容这神秘的笑声)。

于是这3个宇宙无敌靠谱的室友,以迅雷不及掩耳之势就搞定了一切。电脑,为了看综艺;书,我离不开的东西;洗漱用品——特别是洗发水、漱口水——因为医生不让我刷牙,怕我流血。还有纸巾、水、拖鞋、水果……好有野营的既视感!现在我伸手就是绵羊泡好的枸杞红枣水,床头是小哈辛辛苦苦扛过来的李娟的《遥远的向日葵地》,抽屉里放着小角角整理得整整齐齐的日用品。

有这样的室友,夫复何求!此刻我心里大为感动,连忙喝了一口室友们带来的猪肝汤。

2018年4月29日

热闹的访客团

我入院的这几天，好多人来看我。我把入院的这个过程讲了十几遍，嗓子已经光荣失声了。没想到做病人比上课还容易毁嗓子。

不同的朋友送的礼物也颇有不同。大鲸鱼老板是一个心宽体胖、充满童心的人，在办公室里还挂着她自家狗的照片。来看我的时候，她带了一个超级大的鲸鱼气球，现在还在我头上飘啊飘啊，说着“get whale soon（get well soon的谐音，意为：快点好起来）”。当她把手搭在我肩上为我祷告的时候，我也不知道眼睛为什么红了呀，一定是眼睛进沙子了，嗯嗯！

前同事马来貘是一个安静的奇女子，手机没有流量，微信基本两天回一次，别人急到抓狂的时候她总带着看破红尘的微笑拍拍我，说：“不以物喜，不以己悲。”我本来想着不要轻易惊动这么一个世外高人，谁知她听说我住院之后竟然直奔医院问我的病房。在病房目睹了我崩溃大哭的情景（我发誓这丢脸的情景很少见，筱慢好女神，有泪不轻弹），这傻子貘啥也不知道就跟着我抹眼泪。最傻的是，哭了半天告诉我：“给你的贺卡我还没写完，我现在出去写。”……你的贺卡也没流量了吗？而且她送的花连站都站不起来，折腾了半天我才找到个地方靠着。如果说她傻，她又要把她的范仲淹搬出来了：“不以物喜……”

还有小雀儿送来的母乳皂！惊得我优雅地一跳。令我大跌眼镜的是二货兔带来的一大摞杂志。《女友》及*ELLE*、*VOGUE*也就算了，我知道我时尚得太耀眼，非常适合看这些。但那个有关家装的是咋回事，要不我们商量商量你先送我个窝儿？

山羊妈妈和羚羊妈妈来的时候，我可惊喜了。想到我平时工作的时候像个神经病一样地问她们各种各样的白痴问题，我一点都不觉得丢脸！白白嫩嫩的豆花是“妈妈”们表示关心的礼物！

平时没有客人的时候，我在医院的一切生活起居都是由我那三个宇宙无敌好室友和熊猫姐姐来照顾的。我和熊猫姐姐的缘分那叫一个深，我7年前第一次入院治疗时就认识了她。她那种热心肠真是前无古人后无来者，全天下独一份。她基本陪我度过了我在医院的每一天，感觉只要有她在旁边，听着她的欢声笑语，我就很安心。

所以，我自从住院以来，除了躺在床上，还是躺在床上。水，水果，汤，饭菜……都有人送到跟前。每天大家坐在病床前讨论的都是："明天你想吃什么呀？我们去超市买，明天做好带过来。""我们明天吃麻辣香锅吧！香辣蟹也行！""红烧猪蹄怎么样？"哎哟你们这帮人，变脸变得我都快不认识了，之前天天在家里煮泡面、下饺子、拌沙拉，跟"厨房残废"似的，现在一个两个都变"煮妇"了！你们早干吗去了！哼哼。

我不管，反正我生气了，我要吃香辣蟹！

2018年4月30日

不好的消息

入院的第二天，我们就得到了不好的消息。

首先"吐槽"一下新加坡的检查系统，我住院第一天晚上9点多，一个医生来了一趟，问了我一堆"有没有哪里痛？""有没有感到头晕？""鼻子嘴巴有没有流血？""便便有没有血？"之类的问题，就走了。22点多我快洗洗睡了，欸，另外一个医生来了，问了我一堆同样的问题。23点多，我都要在梦乡中和我的未来老公JJ（林俊杰）相遇了，又来了一个不同的医生，要我下去拍肺部X光片……哎哟喂医生，我知道你们很负责很辛苦，但是我真的很想睡觉啊……

好不容易回来睡觉，睡到半夜，护士温柔的声音传来："李小姐，我们现在要抽一些血。" 啥？凌晨两点钟？你认真的吗？扎完针抽完血，这会儿可以睡了吧，5点钟又来了一个人："李小姐，我们要输一包血，输血之前需要你签个名，因为输血有可能出现过敏反应……"后面的副作用是啥，我迷迷糊糊一个字都没听清，签字时手指的麻木程度让我感觉自己是一台没有感觉的机器……

感觉新加坡真的是24小时奔跑跳跃不停歇的国家。

住院第二天早上，我打了无数个电话跟朋友聊天，远在成都的小柯基问我："你还在吸血吗？"呃！这个……怎么瞬间感觉自己特别苍白、美丽以及危险呢？

下午欢脱地去洗了个澡，刚享受完绵羊的五星级头皮护理，突然跑进来一个护士，要拉我去做骨穿。我从入院的第一秒就开始嗷嗷叫不想做骨穿，没想到它来得这么快。但是筱慢我还是好汉子一条，尽管浑身发颤，还是勇敢地躺在了换药室的手术台上。

顺便讲一句，原来新加坡这边的换药室是要抢的……我作为重点保护对象，需要马上进行治疗，所以各项检查都是临时安排进去的，自然占用了正常排队的人的时间。看着我的医生和管理换药室的护士争论了半个小时，我真的快睡着了。

骨穿真的是一种“上天”的体验。用小柯基的话来说，有一种堪比分娩的痛感。刚开始打完麻醉针，用针头往里钻的时候，我还觉得，咦，不就这么回事嘛……直到医生说“我们现在要往外抽了。深吸气，深呼气，保持呼吸！注意尖锐的疼痛！”，一种来自身体最深处的暴烈痛觉席卷而来，瞬间催出了大量的生理泪水，整个身体也由于哭泣而不自觉地剧烈颤抖起来。一个护士赶紧跑过来握住我的手，帮我擦眼泪，对我说：“你做得很棒！”我还以为结束了，万万没想到下一句是：“我们再来一次！深呼吸！注意尖锐的疼痛！”我的天哪，又一阵猝不及防的撕心裂肺的痛。除了哭喊着召唤一个不知道在哪里的“my God（我的上帝）”，我真的没有任何缓解疼痛的方法。

这样的尖锐疼痛重复了四五次，我身体抖到跟按摩仪一样，医生不停地和我道歉，我眼泪不停地飙。终于，医生说“可以了，我们的材料够了”，我的眼泪已经打湿了整个枕头……

要不是爆粗口有损我优雅端庄的形象，这一整篇文应该都是粗口……（补充：现在我已经做过几十次骨穿了，所以必须要给骨穿正名，做骨穿疼不疼完全取决于医生的手法，所以有经验的医生做骨穿是不会疼的。）

被护士送回病房，我还没有好好跟熊猫姐姐和绵羊倒倒做骨穿的苦水，一个医生就出现在我的病床前。

她特别随意地拉过一个椅子坐下来，开口就是：“你感觉如何？你的血液结果不太好。”我脑子还没转过来，她又更随意地说：“我们看到你的血液里有很多不正常的细胞。初步怀疑是血癌。”拜托医生姐姐，你下次说重要事情的时候，能不能穿一个白大褂，手里拿一些文件，一脸严肃、威严端庄地说。你这随意地一坐，我还以为是个帮我量血压的小护士，谁知带来一道炸雷，这真的很让人崩溃啊！

更让人崩溃的是，医生看我们都哭成了泪人，依然

很随意地说："呀，我还以为血液科医生已经和你们说过了。原来你们还不知道啊！"我就是平时觉得有点累，关节有点拧巴，腰上有点疼，身上有两块瘀青，我哪会预料到是血癌啊！而且第一次的初步验血明明写着无不正常细胞不是？而且我6年前的乳腺癌明明已经治好了，难道还有个副作用是血癌？！

崩溃了崩溃了，那一下彻底崩溃了，等到后来小角角和小哈下班赶过来，我们5个人一起哇哇大哭。我记得我说得最多的话就是"我妈怎么办"和"我只有1年了，你们多看看我"。小角角还用她那双只有我脸二分之一大的小手帮我擦眼泪，其实那时候我很想说："我脸太大，你擦不干净的。"但是由于太崩溃了，我还是没说出口……

大家崩溃了一轮，总算平静下来，都在劝我好好治疗。我也慢慢想明白了，不就是再做一次化疗嘛，谁怕谁，我可是有经验的人！问人生几多风雨，答你数也数不清楚。那就打着雨伞，慢慢前行呗！

我心态端正了，这下大家都开始担心起怎么和我妈说。

我妈才是我们中最脆弱的薄皮炸弹。

2018年5月1日

"无敌金刚"老妈老爸

对于我妈在第4天空降新加坡这件事，我用两句话来形容：高级戒备！"敌军"已到达战场！

之前经过和小角角、绵羊、熊猫姐姐的讨论，我们达成一致意见，先不把实情告诉我妈，只说住院了，让她先飞过来。我妈也是很敏感的人，她一遍遍地给熊猫姐姐打电话确认情况。作为一名优秀的卧底，熊猫姐姐表现出色，一口咬定结果还没出来，无可奉告。据熊猫姐姐说，我妈能想到的最差的结果是乳腺癌转移。呵呵，老妈，命运的无常超过你我的想象……

到了星期三早上，我妈的飞机一落地，我就紧张得跟在猫面前的老鼠似的，跟远在北京的好闺密卷毛鹄汇报："敌军"还有4个小时到达战场！

按照计划，熊猫姐姐到机场去接我妈，带她吃个早餐，然后回家休息休息（毕竟被晴天霹雳劈中，没有好身体的话会被烧焦），中午12点熊猫姐姐和小角角再带她到医院来，我们一起告诉她真相。

中午12点15分，"敌军"准时出现在病房里，拿着刚刚煲好的汤，笑意盈盈的。我一时不忍心说，喝完了汤，洗完了澡，还没能够说出口。

这时来了一个小医生，告诉我们下午5点大医生会和我们说详细情况。我妈正想拉住医生问个清楚，我赶紧对熊猫姐姐使眼色，她立马把床边的帘子拉上，然后我拉着我妈坐在床上，把医生对我们说的话告诉了她。

那一刻，我发掘了自己的隐藏技能，就是在严峻的情势下还能笑出来的能力。我都要爱上我自己了！旁边的小角角被我妈感染，再一次失控，熊猫姐姐也已经泣不成声。我竟然还能不停地哄着我妈，时不时还开个玩笑。这简直是一段堪称"影后"级别的表演。

不过说实话，我在心里一直都特别相信我妈，相信她的坚强。虽然她是个脆皮炸弹，很容易爆炸，但是炸完了以后会发现里面是颗金刚石。在2014年我乳腺癌复发的那一次，坐在医院的长椅上我哭着给我妈打电话，我妈就特别冷静地告诉我："哭也没用啊，面对就好了。"所以这一次，我也对我妈有着十足的信心。

果然，我妈在情绪崩溃了1个小时之后，开始慢慢冷静下来，虽然脸上还是写着一行大大的"蒙"字，但是至少已经开始接受了。我们按事先说好的，直接开始讨论解决方案，是在新加坡开始治疗，还是回北京找国内最好的医生，还需要准备哪些资料，小角角开始和我妈梳理现在需要马上着手准备的事。

的确，我们在和时间赛跑，没有时间悲伤。

晚上我妈打电话给老爸，告诉了他这个情况，小哈立马帮我爸也申请了新加坡签证，让他尽快赶过来。

唉，说到我爸，那可真是个奇葩。他有一颗极大的心，遇到大事他总能保持镇定，自己化解不好的情绪，所以我一般不担心他的情绪，我只担心他会做出一些匪夷所思的事情……这一次是小哈去机场接我爸。前天晚上，我爸可认真地拍了一张自拍照传给小哈。下面写道："小哈，我长这个样子，穿着红色的衣服。明天要是手机联系不上，你可认得出我？"老爸，你和小哈是几千年姻缘一线牵，轮回数十次的神仙眷侣么？还"你可认得出我？"……

我爸到这以后也不让人省心，第一天到医院来看我就嚷嚷着没有带游泳裤，不能游泳。小绵羊还跑去给他买了条泳裤。生活方面，他也完全不能自理，连洗衣机都不会用，还要我妈去教他用洗衣机。他除了在这制造"槽"点和笑声，啥也干不了……

但是反正吧，一家人在一起就是好的。更何况是一对"无敌金刚"老爸老妈呢！

2018年5月3日

第一次化疗

在化疗开始之前，我曾说过豪言壮语，谁怕谁，又不是没做过化疗的人！

事实证明，“立 flag”真的会“死”得很难看。

第一天打化疗时我还在和从北京飞过来的卷毛鹊，还有突然出现在病房里的好朋友——小斑马、长颈鹿和暹罗猫一块谈笑风生，大家针对我公众号的内容讨论了半天，让我不累的时候写写，把这个事情坚持下去。哪晓得化疗的第二天，我就开始发烧了。体温从37摄氏度直接冲上40摄氏度，比云霄飞车还刺激。大部分时间它就像一条黑蛇盘踞在39摄氏度，一直不退。

我每天早上睁开眼睛想要做的第一件事就是闭上眼睛……脑子昏昏沉沉，跟一坨糨糊似的，所以如果你们这期间还收到过我的微信回复，你们一定要保留下来！那是我坚强意志的体现！

品尝食物成了一种奢求。化疗的其中一个副作用就是反胃，这个倒还好，因为医生会给我打止吐针。可万万没想到味觉也会丧失掉！想象一下吃青菜真的就跟嚼纤维一样吧……化疗的后3天我真的除了咸、甜、苦、酸能稍稍分辨出来一些，其他入嘴的东西仿佛都是土……在这种情况下，我连着3天没怎么进食，而且一看到食物就从生理上感到很不舒适。

由于本人是基本没有发过烧的人，这次发高烧倒是让我体验到了发高烧的人睡觉是什么感觉。一睡着就做梦，梦中故事大多“脑回路清奇”，有时候还很惊悚，我根本睡不好，有时候一闭上眼就惊醒，有时候睡一小会儿就惊醒……呃，反正也没什么差别……

我那个心比天还大的老爸对我现在所经历的一切的评价是：“你一定是上辈子做了很多坏事，所以才要遭到这么多磨难，你上辈子应该是个土匪！”呵呵，我嘴角是要很配合地上扬一下吗？

在我小时候，韩剧里的女主角得了白血病都是脆弱而美丽的。什么轻轻咳出一口血，再缓缓晕倒什么的，或者是在医院里依然带着美丽的妆，依偎在男主的胸前……No！ No！ No！ 今天筱慢就要用血与泪的教训来告诉你们，白血病在现实生活中的确表现为脆弱，但是这是一种极端不美丽的脆弱！

首先，我在打化疗打了几天之后身上就开始起过敏反应，脖子、后背起了一大片一大片的红疹，那可不仅是不美丽了，简直是恐怖！而且这红疹吧，还会随着你体温的改变而改变颜色，温度越高颜色越紫，看上去似乎整块皮肤都要烂掉了……但人家竟然是无害的哦，不痛不痒。反正医生花在这个事情上的时间也不少，还叫了皮肤科医生会诊，讨论了半天也就给了我一个药膏……

然后就是个人卫生问题。因为每天都发着高烧，谁敢让你天天去洗澡！我只能擦个身，忍一忍呗。至于我一直无法放弃的头发，也只争取到了三次清洗的机会……

此外还有不定时的发热、发汗、拉稀，一次又一次地抹身，物理降温和撤换床单，还有化疗常见副作用呕吐啥的，这些都和美丽没有半毛钱关系……

今天，锣鼓喧天，鞭炮齐鸣，经过10天昏天暗地的持续高烧，我终于在瘦了一圈、黑了一轮后，带着一身的红疹逃离了发烧的“炮灰”圈。哎哟我现在可是非常的虚弱，一阵风都能把我吹跑，“林妹妹”大概就是这个感觉吧。

真是太不容易了，我的第一次化疗才刚跑完半程。虚弱的我又要回去睡了……

2018年5月15日

"吐槽"一波新加坡的住院体验

在新加坡住院的这一个月,我受到了强烈的"文化"冲击。心里有好多"槽"点,真是不"吐"不快。

前文中,我提到过新加坡的24小时检查系统,什么半夜抽血、打针、做检查,都是家常便饭,再加上之前发烧的时候,每一个小时都要量一次生命体征,黑眼圈都被活生生地逼出来了。

后来,护士半夜叫醒我的理由又多了一项:提醒我去小便。

原因是之前我第一次打化疗的时候,医生给我吊了太多的药水和生理盐水,我整个人水肿得跟只猪一样。回想起来,那时候我用猪蹄刷朋友圈的精神是多么可贵……更惨的是,我肺部也积了不少水,影响到我的呼吸,还导致了轻微的肺部感染。所以医生就会时不时地给我打一针利尿剂,让我把身体里的水快快地排出去。(在这里我又要"吐槽"一下利尿剂,每打一次就只上一次厕所,还不如我自己喝水尿得多……)

那么利尿剂什么时候应该打呢?就看我吸收进去的水是不是多于我排出来的水。所以我每天都要记录自己喝了多少液体,尿尿也要尿在一个有刻度的盆里,让护士去量。唉,关于那个盆,我只能说……新加坡人的膀胱真的太小了,每次我都"爆"盆……

如果当天我喝进去的水太多了,医生就要给我打利尿剂。

但是利尿剂这个东西打多了对肾不太好，哎哟，肾是个重要的东西啊，可不能糟蹋了。所以护士也很着急，一直提醒我还缺多少毫升的尿要拉。

有天晚上，我睡到半夜，有个护士就进来了，问我要不要去小便。我一般没有起夜的习惯，当时也睡得迷迷糊糊的，就拒绝了。不知睡了多久，换了一个护士过来，严肃地跟我说："你今天的小便还缺200毫升，你最好还是补齐了。要不明天就要打利尿剂了。"哎哟喂，就不能等到早上再补吗？没办法，人家护士也是全身心为我着想，我也不能摆脸子，只能在那盆上一坐，一补就补了500毫升。护士在一旁听着我的放水声，喜形于色，连声说够了够了……

我只能说新加坡真是一个严谨的国家，200毫升的量，连一个水杯都装不满。

另外让我很崩溃的一点就是，在新加坡住院，我就没记住过来看我的医生到底是谁，因为每天每一次来看我的医生，都不一样……

2012年在北京住院，主治大夫每天都会带着他的小大夫来查房，我每天见到的都是这一批人。主治大夫周围的那几个小大夫天天都会围绕在我身边，我对他们熟悉到不行。在中国，小大夫的联系号码都是直接给病人的，病人可以随时和他们联系。这种感觉，就是一种把自己全权托付给主治医生和他的小跟班的安全感，他们掌握着治好你的秘密武器，你啥也不用想，安心治疗就行。

在新加坡就不一样了。我打化疗的时候不停地发高烧，

医生其实也很头疼，因为他们找不出原因。于是，来我病房会诊的医生络绎不绝，但是我的主治医生却没出现过几次

每天医生来我病房的流程是这样的：

首先，早上一个血液科的小医生来看我，把高烧的我从床上整起来，听听我的心肺，问我几个问题，了解一下基本情况，然后就走了。

接着，等我烧得迷迷糊糊的时候，那个血液科的小医生可能会带几个资深医生来看我，然后又把我整起来，听一下我的心肺，问我几个同样的问题，介绍一下现在的治疗方案，我一般是努力开动着烧糊涂了的脑筋，冷静地回应他们的问题和解释。

过一会儿，会有一两个细菌科的医生来看我，同样听我的心肺，问我问题，然后跟我介绍一下最近细菌检查的进展和现在的用药情况。由于经常有医生是不会说普通话的，我爸

妈又不懂英文,我就只有自己打起精神去回答他们的问题,而且偶尔医生还会要求我用英文回答问题……作为一个40摄氏度高烧,脑子一片糨糊的患者,我容易吗?

这还没完,一天当中极有可能还会有另一波细菌科的医生或者血液科的医生来看我,进行同样的一套流程,请不要问我为什么他们不和头一波医生一起来……

后来我皮肤起了大片的红疹,来看我的医生中又多了两波皮肤科的医生……

在高烧不退的那个星期,我仿佛受到了全宇宙医生的关注,看医生都看到脸盲了。

一周的时间,医生流水般地进出我的病房,可我的烧依然没有退啊!医生每天的反馈都是他们还没有找到细菌或病毒,还要多做一些测试。我听着心里那个慌呀,连说梦话都是"找到细菌或病毒没有?"……

唉,说了这么多,其实心里还是感谢他们的。至少这么多的医生反复进行会诊,折腾了我那么多次,做了那么多检查,最终还是查到了一个小小的病毒,用药后马上消除了我的感染。毕竟新加坡是一个讲究术业有专攻的地方,专科的问题,医院会马上找专科的医生来帮我解决,不需要患者自己跑到各个科室去挂号咨询,这种效率和人性化程度让我受宠若惊。最近我智齿发炎,他们还专门帮我找了个牙医。只是我唯一的心愿是,我能不能多见几次我的主治医生……

其实在新加坡住院,我体验最好的还是护理方面。护士每天都笑脸迎人,任劳任怨,还体贴入微。一班又一班护士无微不至的照顾让我妈也轻松了不少。想想在中国，大多数情况下，如果家属不陪床，病人连厕所都上不了，从中可以看出差距。不过中国的病人数量是新加坡的十几倍还多，这样精细的护理在中国的确是很难实现的。

也不知道这次去北京住院的体验如何，毕竟北京大学人民医院的血液科是全亚洲最好的血液科，心里还是有点小期待的，希望不会有新一轮的“文化”冲击吧。

2018年5月26日

晕乎乎在北京

6月，北京以36至40摄氏度的高温热情地迎接了我们。

刚下飞机，我心里就暗暗庆幸绵羊的智商还是够用的，给我买了个可以安风扇的高级雾霾口罩。在这么热的天里，北京机场仍旧非常高尚地开着26摄氏度的中央空调，装着比新加坡机场多10倍不止的人，如果没有这个透气的小风扇，我的脸应该会被蒸成霉干菜扣肉。

在机场过海关的时候，多亏了智商同样“在线”的小角角和小哈提前帮我联系好轮椅，我们堂而皇之地排进了特别通道——不过并没有什么用，那队伍移动缓慢，我们和普通通道一样排了两个小时……几百上千号人在各条通道里挤成一堆，乌泱泱的一片，不知道哪里才是真正的队伍，不时还有一些人脸上带着若无其事的表情，大摇大摆地插进特别通道和外交通道里，我忽然有了一种神秘的亲切感：哟，我又回北京了。

这次，有和我们家认识多年的海豚姐姐和多年蜗居北京的闺密——卷毛鹊的帮忙，找酒店和入住的过程都非常顺利。但卷毛鹊一直担心酒店不干净，帮我们准备的各类消毒用品装满了一整箱，光消毒湿巾就有擦手的、擦桌子的，单片包装的、盒装的、抽取型的，国产的、进口的，更不用说空气消毒喷雾、各种用途的消毒液、即干型消毒水……我感觉我这辈子都没这么干净过。

酒店房间很宽敞，电器很齐全，厨具随便用，楼下就是便民超市和各种小餐馆，旁边是应有尽有的大购物商场，海豚姐姐还在美团上点了我最爱的湘菜，第一天一切都让人很舒心。

不过等我第二天开始上医院干正事，就晕乎乎的，成了个傻子。

首先，就和机场一样，人多到你热得开始怀疑医院究竟有没有装空调。无论是看医生、分诊、缴费，还是抽血、做骨穿，最考验人的第一是耐心，第二就是腰。基本上只要有地板的地方，就有人占据着，“立足之地”有时都会受到威胁，更不用说为你的屁股开拓一片疆土了。如果你运气好，正好有个座位摆在你的面前，你一定要懂得珍惜啊！这个时候讲谦让，站到腰断的就是你了……但是人多吧，也不是完全没有好处，当我等电梯等了十几分钟开门永远是满员的时候，只好一怒之下走了楼梯。这可是我化疗1个多月以来，进行的第一次身体锻炼。

等适应了人挤人的就医环境，接下来就是各种绕不清的看病手续。北京的医院和新加坡的最大的一点不同，是各个功能不同的柜台均匀分布在医院的各个地方。唉，就跟密室逃脱一样，在这个地方解完谜，拿到线索，就要赶到下个点继续解谜。一天下来，检查做完了，腿残了，脑袋“秀逗”了。

那天，我和爸妈算好时间，中午去的医院，堵在5楼的医生诊室门口挣扎了好久，好不容易加上号（我和卷毛鹃曾痴心妄想通过刷App和打114挂号，唉，还是太年轻太天真了……），拿着加号单，一溜小跑到同一层的缴费处缴完费，又一溜小跑到分诊台分诊、写病历，然后回到医生办公室门前，非常耐心地等候。经过坐着等，站着等，叉腰等，摇晃等，踱步等这几种姿势，我们终于看上了医生。看完医生后，我们拿到了一大堆的检查单和检查申请单，一秒都不敢耽误，赶紧到1楼的缴费处缴费，接着又赶到2楼的预约柜台预约检查时间，再去检查室门口交单子继续等……干完这些，我觉得最艰难的一天已经过去了……呵呵，年轻人，生活的艰辛永远超出你的想象，过了两天我竟然发现，手臂上那个PICC管（长期放置在手臂静脉中的细管，化疗或有感染等突发状况时用来输液）的换药，竟然要每周自己找医生开完药，再拿着药坐班车去遥远的另一个院区找那边的护士换！

哇，我发现，自从到了北京以后，我“微信运动”上走路的步数噌噌往上涨，非常有利于身体健康。

这么看来，继上一回新加坡的住院体验之后，这新一轮北京看病的“文化”冲击还要持续一阵了。

刚开始我觉得奇怪，我也不是没在北京看过病，怎么这回的感受和上回那么不同。想来想去还是医院不一样了。

上回我来北京，去的是北京大学肿瘤医院，那边全是肿瘤、癌症患者，大家患的都是慢性病，病人心里虽然很急，但因为癌症病情一般发展较慢，所以看病节奏很慢，甚至医院里都没有急诊室。一到晚上和周末，医院里绝对静悄悄的，医生按点下班雷打不动。我在化疗期间的一天半夜，得了个急性肠胃炎，医生跟我说他们医院不开门，要我去空军总医院看病……所以相对来说，肿瘤医院里没有那么繁忙。

而这回我直接到了北京有名的三甲医院——北京大学人民医院。这是个综合性医院，啥病都治，又是北京名列前茅的医院，每个科室每天都会接收大量来自全国各地的不同病种的患者。20世纪90年代初建成的急诊室没法满足现在的病患需求，病床供不应求，满头银丝的老人都只能坐在走廊里输液。医生诊室前等待的病人中有不少是地方医院感到束手无策，甚至已经放弃治疗的对象，他们的病情紧急，到北京的三甲医院来寻医问诊就是他们最后的希望。不大的院区装载着太多人的焦虑和不安，那些急匆匆的脚步，额头上密密渗出的汗珠，眉间刻出的道道沟壑，都在回荡着时间嘀嗒嘀嗒的倒数声。

有时候站在这个拥挤不堪，让人无所适从的医院里，感觉就象站在让人无所适从的人生长河里一样。

最后，在第二次化疗前夕，许个愿吧：

愿　　有一天,所有患者都能在自己的家乡得到最及时、最先进的医疗救治。

2018年6月13日

基因检测到底是个啥?

前几天我拿到了新加坡医院给我做的基因检测报告,结果测出 BRCA2 这个基因突变是 Variant of Uncertain Significance(意义不明的突变),也是叫人头大。

在解释这是啥意思之前,我得先说说这个基因检测本身。

基因检测应该说是近 10 年来才慢慢得到医学界的广泛重视的,这几年在美国等一些发达国家,已经在临床上普遍应用了起来。但在中国,在对大多数疾病的治疗上,基因检测还未得到官方认可。

在 2012 年,基因检测对于我,就像一个一见面就热情四射,拼命想要贴上来,抓着我的手说"可以和你交个朋友吗?"的陌生人。在一次给乳腺癌病人举办的讲座上,我第一次见到了它。那个时候,中国才刚刚开始推行这种对乳腺癌致病基因检测的方法,而且还只有对 BRCA1 和 BRCA2 这两种最常见的乳腺癌致病基因的检测。那时候我和我妈在讲座上听得云里雾里,半信半疑,心惊胆战。因为这两种基因如果突变,不仅仅会导致患乳腺癌的概率上升,还对卵巢有一定的影响。

但是我这人有一个毛病,天生不喜欢别人跟我推销东西,一推销我就会问一大堆问题。我在讲座上当场就问:"我知道这个基因检测能让我明白患病的风险高低,但之后有什么措施能够预防得病呢?”得到的答案和我预想的差不多,一样让人无语……勤检查,多复查,如果愿意,可以预防性切除乳腺和卵巢。

检查、复查,我不做基因检测也可以做。预防性切除……拜托,我那时候才20岁!

最重要的是,既然没有什么有效的又保证生活质量的预防措施,基因万一真有突变,只能给病人带来无穷的忧虑和烦扰,真的要病人带着这种时刻伴随左右的焦虑情绪生活吗?到最后病人真患病了,到底是基因导致的,还是基因检测带来的焦虑导致的呢?

当时我对科学发展的不完全性和基因检测的不负责任感到很不满,但是心里还是有点在意这个事。于是跑去咨询了我当时的乳腺癌医生——一个可牛可酷的段子手医生,他扎扎实实给了我一个白眼,问:“你去做了基因检测,如果检出来了打算怎么办?”我弱弱地说:“要不……预防性切除一下?”他直愣愣地盯着我,说:“乳腺也就算了,卵巢你也切吗?你这么快就打算一辈子不生孩子了?主要是你天天想着生病的概率大概率小的,你还过不过日子了?!就像我跟另外一个病人说的,你天天就想着复发复发,你不复发谁复发!”

他一下就把我怼回来了……不过正合我意,反正我也不想做。

之后治疗完回到新加坡的好几年,复查的时候时不时就会有人来跟我说,要我去做基因检测。我还是那个问题:有什么解决措施?答案还是和2012年一样让人失望。不记得是

2014年还是2015年，我有个朋友也得了乳腺癌，她没禁住新加坡医生的撺掇，去做了基因检测，测出一个和好多癌症都相关的基因，连预防性切除这个措施都没法做，这对她的心情造成了很大的影响，于是更坚定了我不要去做这个基因检测。

那这次我咋又同意做了呢？

5月份我在新加坡刚打完第一次白血病化疗，在养血阶段，新加坡的主治医生介绍了一个基因检测专家跟我谈。那时候我发现自己不太抗拒这个东西了，可能是对生活的无常已经麻木了吧，觉得无所畏惧了，于是抱着破罐子破摔的心态……但更重要的是那位专家跟我说的话启发了我对基因检测新的理解。

她给我介绍了很多组与乳腺癌、白血病发病有关的基因群，详细介绍了每组基因群突变可能导致的疾病，以及这些基因突变的表征。接着详细了解了我的家族病史和从小到大的生活经历，通过这些信息筛选

了其中几组最有可能和我的情况相关的基因群，建议我检测那几组基因群。

这个过程的专业度和几年前比已经有了质的飞跃。我也惊诧于这几年对于癌症致病基因研究的飞速发展。但我仍然问了那个问题，基因检测对于我个人来说有什么现实指导意义。她给我举了几个临床上已经有一定成果的研究项目，说现在对某一些基因的研究已经可以影响到化疗方案的制订了，如果我检测出有某些基因恶性突变，那就应该在治疗其他疾病时避免使用容易诱发这些突变表达的药物，这对我自己也对临床治疗有指导意义。

我心里清楚，现在对基因的研究，还很难做到左右治疗方案，但我忽然意识到，这的确是未来的一个大趋势，如果真的能把这些搞清楚，那不仅仅对癌症，对所有疾病的临床治疗来说都会是一个很重要的判断指标。

回到我现在拿到的这一份基因检测的结果。Variant of Uncertain Significance（VUS）指的是意义不明的突变，也就是说我的BRCA2基因的确产生了突变，但这个突变是不是我乳腺癌发病的原因，不知道。

为啥不知道，因为这个突变从来没有出现过！报告里写了，全新的突变，在任何报刊、临床治疗中都未发现过这种突变……

忽然觉得自己好特别……

针对这个情况，医生也给了我一些建议，例如建议我妈也去做，还有就是让我过几年再去做一次基因检测，看看那个时候世界上有没有发现更多这个类型的突变，足以让科学家们对这种突变做出更好的解释。

也就是让我静静等待科学慢慢发展……感觉自己走在了时代的前沿……

拿到这份报告以后,我自己也查阅了英国癌症中心和美国癌症中心的一些文献,关于BRCA2这个基因的各种突变型,已经有了一些还不成熟的研究。其中有一项2016年的研究显示,有很多经过其他癌症的化疗之后又得了急性髓性白血病的病人,BRCA1或BRCA2有突变。

欸,这不是我嘛不是我嘛……

文献中说道,如果在治疗癌症之前,查出病人有这两个基因突变,医生就需要注意某些药物的用量,并且要仔细斟酌,因为用化疗治疗本次癌症之后,有可能诱发白血病的风险。

这不就是基因检测最大的意义所在吗?

我忽然感到非常兴奋,因为我看到了科学在治疗癌症方面的不断进步和发展,感到未来充满了希望。

但是现在,我得先头疼一下我自己的VUS了……

2018年7月19日

平躺着尿尿真的很困难啊!

做完“二疗”已经1个月了,一直状态很好,吃得多睡得多玩得多,肉噌一下就长回来了。老妈那种养猪战略取得了初步的胜利。

前几天,估计医生也是太久没听见我的声儿,想我了吧,问了一句:“你做过几次腰穿了?”我心里咯噔一下,看来躲得过初一躲不过十五,该来的还是来了……我只能弱弱地回了一句:“还没做过呢……”这不,第二天立马被叫回来住院做骨穿和腰穿了。

先科普一下治疗白血病时常常要做的腰穿检查是什么吧。

说腰穿之前,先要说脑白,也就是中枢神经系统白血病。简单理解,就是本来在血液中的癌细胞顺着连接脊柱和大脑的河流(脑脊液),嗖嗖嗖地漂浮到脑子里面去,趴在脑膜或脑实质上不走了,这也是白血病的一种比较常见的髓外复发的情况。

那你想,癌细胞跑脑子去了多吓人,所以医生会常常检查脑脊液里有没有可疑的敌军,尽早地把它们扼杀在摇篮里。所以大部分白血病人都会做腰椎穿刺,抽取一些脑脊液出来化验,这就是腰穿。

那如果检查出来脑脊液里没有可疑敌军,就可以放松警惕了吗? No! No! No! 打仗的时候埋地雷见过没有?即使敌人没来，也要防患于未然。所以通常医生在做腰椎穿刺的时候，还会放一些“地雷”进去，也就是注射小剂量的化疗药，这就是鞘内注射。这是治疗和预防脑白的最有效的办法之一。

鞘内注射什么都好，就是打完以后必须平躺6个小时，脑袋不能抬起和乱动，要不就会头痛恶心。我每次不小心把脑袋晃了一下的时候，总感觉把脑袋里的“地雷”撞坏了，头倒是不疼，心情比较愧疚……

本来我觉得平躺6个小时对于我这种做惯了手术的人来说不算什么，但过了3个小时后我遇到了巨大的挑战——我想上厕所了。

其实术后在床上尿尿对于我来说不是什么新鲜事，2012年干过无数回了。那个时候做手术之前，护士给了我一个尿盆，让我练习在床上躺着尿尿。刚开始我也拉不出来，心里充斥着一种强烈的不安全感，首先是觉得尿盆太小，屁股太大，会拉到床上，然后就被一种羞耻感重重包裹，最后是身体不听使唤……护士看到我使劲到扭曲的表情，无奈地说："如果真的不行，术后就插尿管吧。""不要不要不要，我可以自力更生的！"在插尿管的威胁下，我真是想尽了办法排尿。按照护士的建议，我妈拿着一个装了水的盆子立在床旁边，用杯子舀水，再倒回到盆子里，让我听哗哗的流水声。感觉这和跟小男生说"嘘嘘"差不多的原理……在两天的练习后，我好不容易克服了心理障碍，圆满完成任务。

可这回，没给我练习时间啊，我穿着我爸急急忙忙给我拿过来的纸尿裤，躺在床上，生无可恋地……胀着。

刚开始肯定还是有点害怕和羞耻的，怕尿到床上，所以全身都很紧张，后来紧张得自己也累，就放松下来了。意识是放松了，但潜意识严肃地通知身体的肌肉：这不是个该尿尿的姿势！所以无论我把腿平放，还是举起来，还是弯着，都无济于事。后来我甚至开始给自己催眠，想象自己正坐在马桶上，旁边水龙头哗哗流水。没用。后来又开始冥想，感受膀胱的充盈感，告诉自己身体里的水要冲出去啦！依然无效……

加油努力到只剩最后一个小时的时候，我已经是满头大汗了，比做一次普拉提都累。最后索性一摊，算了，放弃了，尝试睡一会儿吧。呵呵，根本睡不着。膀胱时时刻刻都在跟我抗议，括约肌却仍然死守门口。我基本上是10分钟看一次手机，真的是度秒如年。

我是在手机的定时刚刚跳到6小时的最后一分钟时蹦起来奔向厕所的，妥妥地放了一分钟的水。

想起小时候睡前喝了一杯牛奶就尿湿半张床的日子，还是很感慨的。长大了，连尿尿都没法随心所欲了。

又想到去年，爷爷最后生活不能自理的时候，护工们给他穿上纸尿裤时他的那种抗拒，是身体对一辈子养成的肌肉习惯的依赖，也是一个自尊自爱的老人在面对健康逝去时，做出的最后抗争吧。

不禁感到一阵心酸。愿爷爷在另一个世界再也不用穿纸尿裤。

2018年7月27日

移植前的查体来得如此猝不及防

1个月前打完“三疗”,又照常经历了掉血象、输血、养血的轮回,白细胞和血小板又增长回来了。感慨一下人体真是一只打不死的小强。

上周我还在算着日子,什么时候才开始打“四疗”,医生的一条微信就把进度条往前拉了一大截:“尽快做查体!”要知道,一般来说查体和入“仓”移植是一对好伙伴,来了一个,另一个也不远了……

我一盘算,入“仓”要带的东西我们啥也没买,真的是两眼一抹黑,不禁着了慌,赶紧跟病友了解了一下物品清单。要带的东西那只能说叫一个多啊,随便写几条感受一下:

1000个塑料袋

6个不锈钢盆子

6条毛巾

9条小方巾

4升的电热水壶

棉帽子、棉口罩、棉袜

2套纯棉睡衣

…………

各种必备生活用品就更不用说了，真是搬家的节奏。之前就有病友跟我说过，毛巾、睡衣等都要绣上名字和编号，所以我早早就“淘宝”了名字绣标，再让我妈帮忙缝上去。想想也是汗颜，上大学的时候，我的扣子掉了就是让朋友帮忙给缝的，这么多年过去了，我仍然连怎么开针都没学会……

我的主治医生是个很温柔的小姐姐，对我一直都很照顾。这次在住院做腰穿的时候，她帮一脸蒙的我都安排好了，让我顺便把身体各项检查都做完了，省了我们自己单独预约各科医生的麻烦。所以之前的这一周我一直穿着住院的病号服穿梭在医院的各个检查室和医生门诊之间，圆满完成锻炼身体的目标步数。

查体的项目多得让人眼花缭乱，光是验血项目就有十几个，妇科、肛肠科、眼科、耳鼻喉科、口腔科、精神科的医生还要会诊，把你全身上下、从里到外扫个遍，确保你是完完全全一点毛病都没有，才有资格进“仓”移植。这种流程跟把身体洗白白、抹香香以后才能去给皇上侍寝莫名相似，还带有一种神圣的仪式感……不过说来也是令人郁闷，我明明身体其他方面都棒到可以飞起，就是无处不在的血液莫名不干净，这命运的剧本怎么这样安排……

我在整个查体的过程中都保持着特别严肃认真的态度，毕竟如果身体有任何一点小问题，移植后都有可能演变成大问题，所以我基本拿出了冥想的专注度去体会身体每一个部位的感受，而且对每一个会诊医生都特别诚实。

前段时间我觉得以前的刀疤上突然冒出来一个小疙瘩，就特别坚持，让医生开了一个B超单，最后判断只是瘢痕组织；看眼科医生的时候我反复强调我的右眼好像比左眼模糊，医生看了半天只告诉我什么问题都没有；然后我又觉得自己的右下腹部有时候有那么一点点的隐痛，妇科医生给做了B超，没问题，我还不放心又跟肛肠科医生说会不会是慢性阑尾炎，医生按了半天，说按的地方我都不痛，我到底在怀疑啥；接着我又担心自己耳朵有炎症，老是堵和轻微耳鸣，耳鼻喉科医生一脸冷漠地告诉我说是因为耳屎太多，堵了……她还在我的病例上用了一个特别高级的词儿：耵聍栓塞。

我认为这些会诊都挺有必要的，就唯独那个精神科医生会诊有点匪夷所思。我刚开始以为会给我戴一个测量我身体里神秘电流的高级仪器，看看我有没有精神分裂，或者对我催眠，看看我有没有阴暗的潜意识，谁知那天来我病房的就是一个心理医生，问了我几个问题，搞得我还有点失望。

心理医生是个可爱的妹子，进门的时候就静悄悄的，说起话来就像一朵软绵绵的云。她问了我一些诸如“你是如何确诊的？”“确诊之后有什么反应？”“对于移植你有什么感受？”这样的问题。我觉得这是个心理咨询呀，那我得认真对待，诚实地表达出我内心深处对于移植的不确定和焦虑呀，如果有什么自己都不了解的心理问题还可以治疗治疗。然后……就没有然后了……我回答完问题，妹子就走了……走了……

移植来得这么快，最让我郁闷的，是我至少一年都不能喝咖啡和茶了，感觉自己很悲惨（后记：事实是，我在移植后第4个月里，就喝了首杯咖啡）。所以这两天我喝咖啡都以龟速来品，还闭着眼睛感受来着，想把这个味道刻在身体的每一个细胞里。我把自己想象得很凄婉，但事实是昨天就已经找到了新欢——水果茶。我果然是一个喜新厌旧的女人。

其实对于移植，说完全不担心是假的。就像我跟心理医生说的，很多准备工作要做，移植完以后有很多未知数，所以还是有担忧的。再加上这几天移植医生跟我说，我的化疗效果非常好，如果我们真的非常顾虑移植后的各种副作用，也可以选择一直打化疗的保守疗法。这就让我更加犹豫了。站在重生的起跑线前，迈出那一步真的需要勇气。

这1周内就要做出这个重大的决定，无论如何，都要直面。移植和以前任何一次手术都不一样，它会摧毁我的免疫系统，再重建；我流动在血管内的鲜红的血液将死去，再重生。无论从何种意义上看，这都是一次凤凰涅槃般的经历。很新鲜，很忐忑，很期待。

附海豚姐姐的大作——我的光头照！要知道在外面顶着个大光头照相，还是很需要勇气的……

2018年9月12日

“移植仓”到底是个啥?

之前有很多朋友问过我这个“移植仓”到底是什么样子的,有朋友以为是胶囊酒店,有的以为是生化危机里的隔离舱……至于那些以为是太空舱的朋友,我没打你算不错了。

所以这篇就权当科普了,给大家看看我未来20多天要“蜗居”的小屋。

“移植仓”是移植重症监护病房的一种形式。我住的9A病房区,里面的中厅是家属都不能随意进入的,算是第一层隔离了。

那家属要找护士咋办呢?就要到亲情连线间里找到一个挂在墙上的连通护士站的电话,打电话让护士开门进去。

但是亲情连线间最重要的功能不是这个,而是和住在“仓”里的我打视频电话。每个“仓”都有固定的连线时间,分为两个时段,各30分钟。一到时间,那个摄像头和屏幕就会自动打开,管我愿不愿意,我都会被拍进去,展现给广大人民群众看。

我们在进“仓”之前,在连线间里待了一会儿,旁边一个屏幕噌地亮了,然后我们就非常不好意思地观赏了一个小妹妹上厕所的情景……所以我妈就叮嘱我,在属于我的那个时段,千万不要做什么怪异举动。

里面的区域就只有病人能进了。护士站那一块是第二层隔离区，我着急进去就没拍。然后是护士配药间，这是第三层隔离。我能活动的区域是最后一层，是基本无菌的啦。

看，护士小姐姐和小哥哥正在辛勤地为我准备入“仓”用品并消毒我的个人用品。小姐姐边消毒边“吐槽”我电脑的充电线实在太脏了，她都受不了了。

没错，我待的区域和护士配药间不是完全隔离的，但是中间画着一条权威的红线。这条红线被施了“法术”，把我圈在我的小屋里。别说踏出去了，手伸过去都要被护士大呼小叫地赶回来，而护士进来的时候要穿上一件无菌服。

下面就是属于我的小屋啦！上面挂着的那个是摄像头，对着我定时进行惊吓式直播。旁边的电视就没几个台，我一般关着，和家人朋友视频的时候才打开。下面的那个铁架子是放护士要用的东西的，也被施了“法术”，碰都不能碰的。床尾的那个小铁桌是我的餐桌，还放着我的洗手液和漱口水。

每次吃完饭我都会收到一个这样的无菌包，名曰口腔护理包。因为我在“仓”里面是不能刷牙的，只能用漱口水把棉花打湿，用剪刀夹和镊子捏着它擦牙齿。哎哟喂，那一套程序很复杂，东西里三层外三层，每次吃完饭都要做。不过整个过程我还是享受的，感觉用了这些东西自己也成了护士，哈哈！

再往角落看，有3样极其重要的东西出现了。一个是被我那帮傻闺密讨论了半天的马桶！坐便器是用消毒过的塑料袋套起来的，自带一个古老的盖子。排泄物就拉进袋子里，再让护士拿出去称。是的，我的傻闺密们说得对，因为是塑料袋，的确是透明的，但是人家套了很多个！也不是完全透明的好吧！

旁边的那个空洞洞的椅子是我的坐浴器。啥叫坐浴咧，就是用盆子打了开水，放些碘伏，放在坐浴器上，让屁屁坐在里面，坐15分钟。因为我在“仓”里是不！能！洗！澡！的！但是屁屁一定要保证干净啊，所以一天就要坐浴两次。整整20多天都不能洗澡，只能擦身子，这也是一个巨大的考验……

床头柜上那个热水壶是我的命。很多病人出“仓”后都有膀胱炎的问题，护士说是最后几天反应大的时候没有喝够水。我就暗暗发誓，我无论怎么不舒服都要喝够2000毫升的水！

还有一点就是我们入“仓”前所有的东西都要经过严格的消毒，电脑、手机、热水壶是用紫外线和臭氧消毒的，而书本竟然是用蒸汽消毒的！我的神呀，观赏一下消毒后的书……我的心都要碎了……

哦对了，我们输液也很奇特，也是隔着玻璃的。护士在那边配药，然后管子从这个小洞洞伸进来，连在我手臂的置管上，这样他们就不用一直进来换药了。

今天已经是大化疗的第3天了。一共要打9天，现在暂时还没有太大的反应，一般到第6天人就不行了，趁现在还能码码字，赶紧写写，过了这回，可能要过几天才能更新动态啦！

2018年9月30日

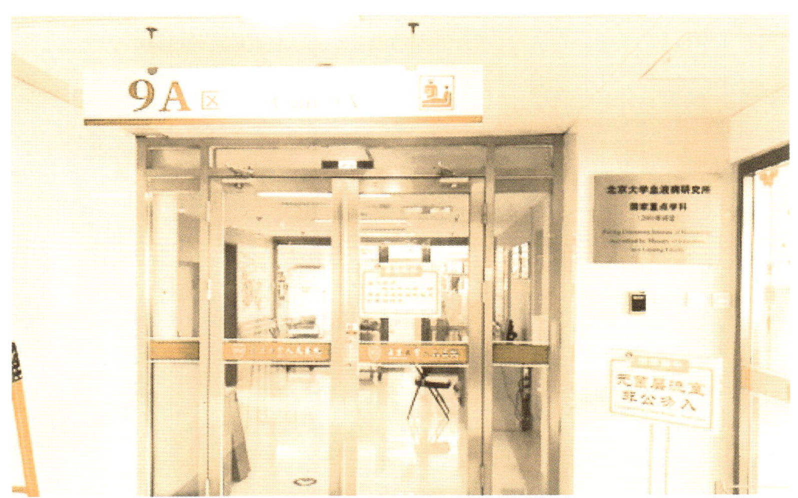

我住的9A区

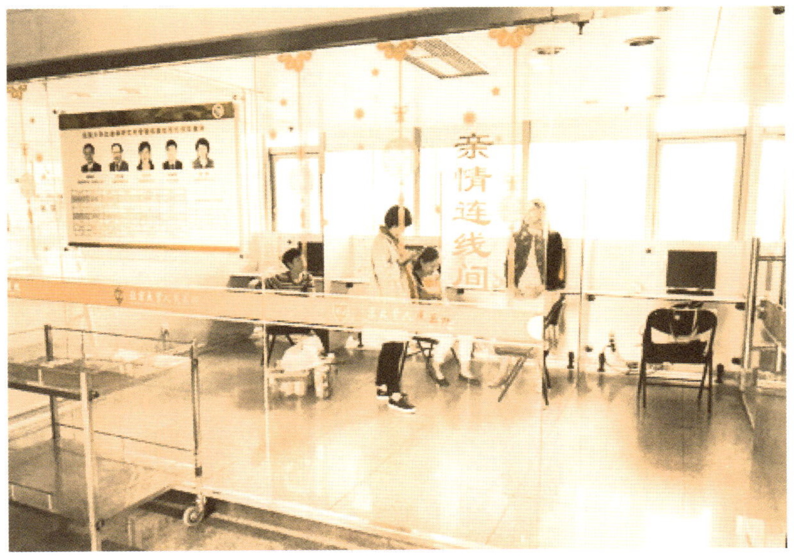

亲情连线间门外

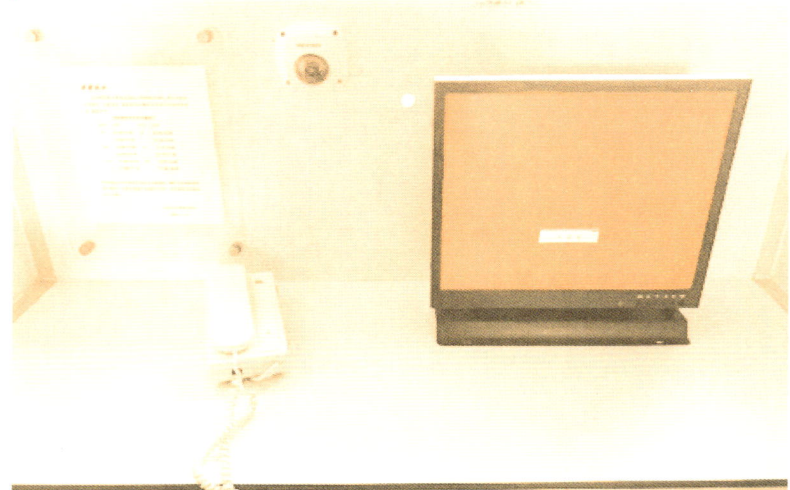

视频连线设备

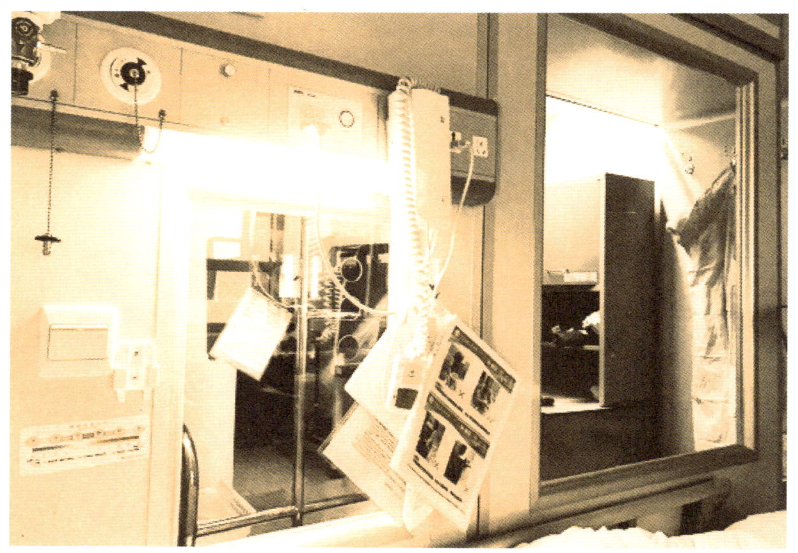

这是我坐在床上看到的情景。玻璃那头就是护士配药间

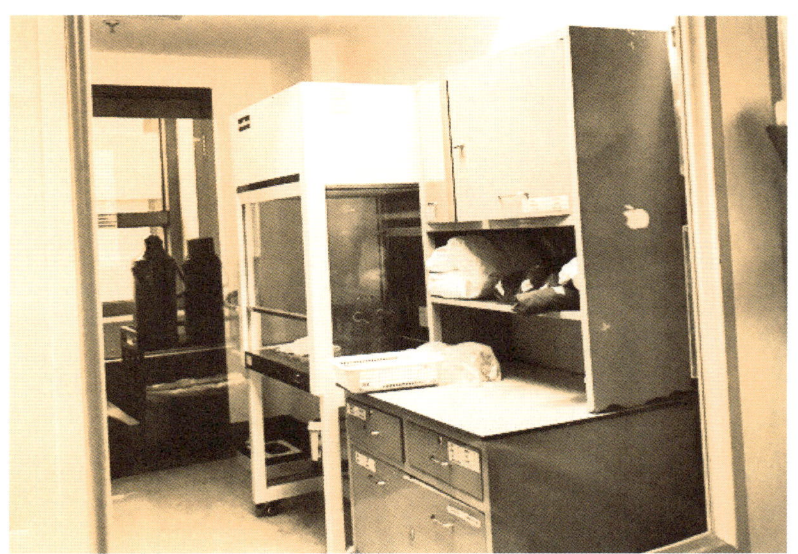

护士配药间

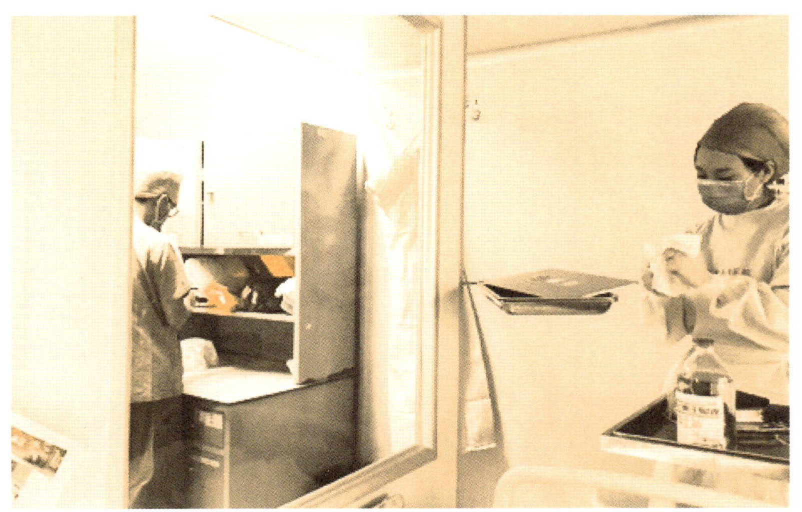

护士正在床边给我的个人用品消毒

看,“权威红线”

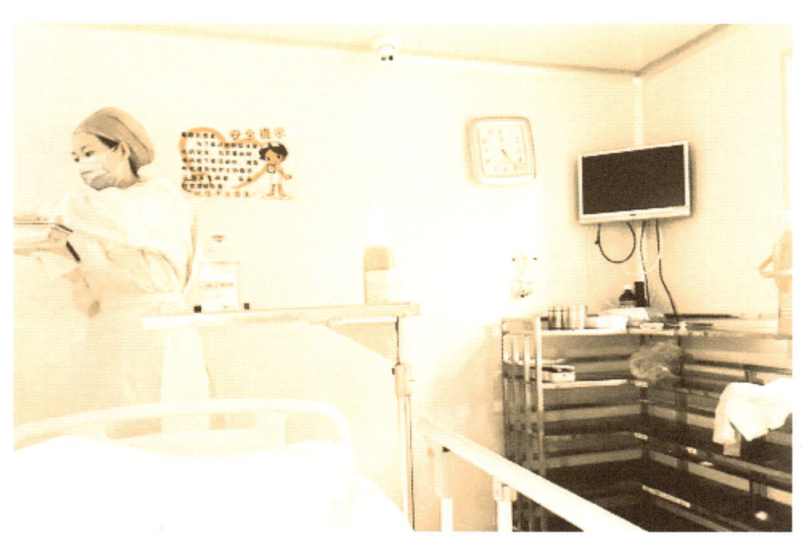

“移植仓”一隅

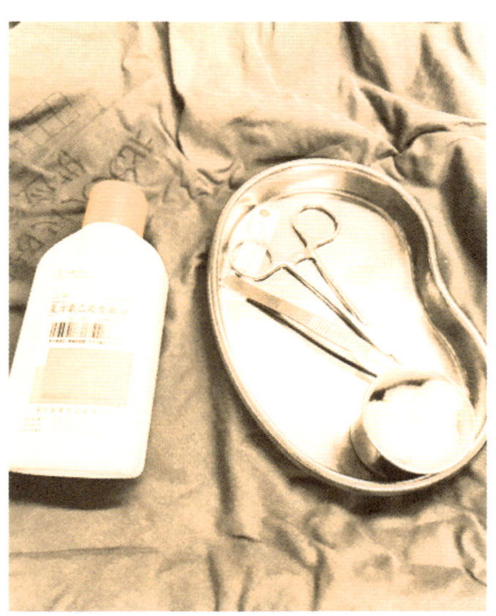

口护包内物品

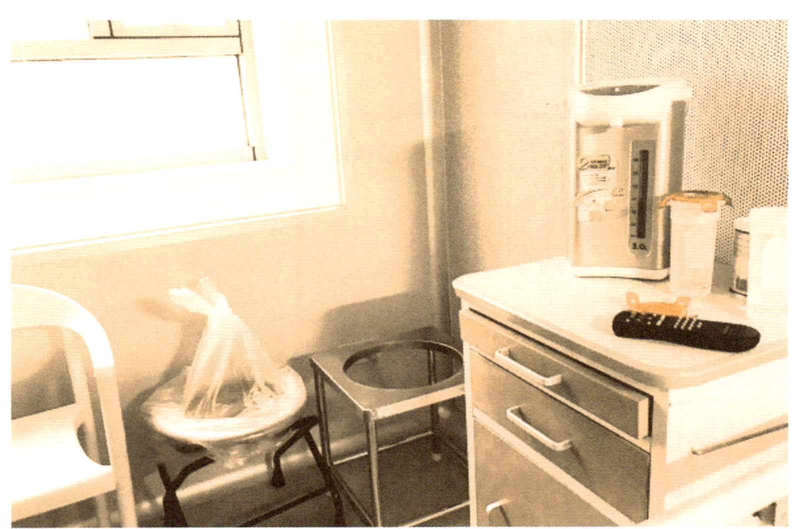

坐便器、坐浴器和床头柜上的热水壶

隔着玻璃输液

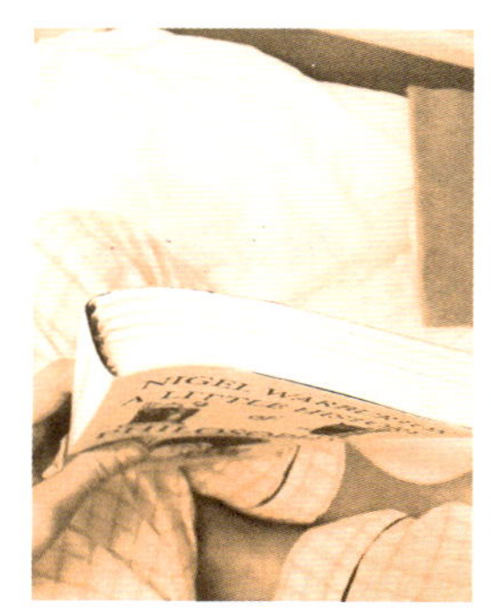

消毒后的书

在"仓"里，我遇到了吃的问题

公元2018年10月，一名被囚禁半个月的囚徒正因吃的问题而面临绝境……

每个不眠的夜晚，撩人的酸辣鸡胗和小炒黄牛肉都会如期而至，坐在她面前与她促膝长谈；结实性感的炸鸡排和煎牛排则会轻轻抚摸着她的额头；奶茶妹妹甜甜的笑声回荡在床边；沙拉姐姐清丽的身姿伴着笑声轻轻抖动。

梦则是由水果弟弟们照看的。哈密瓜、猕猴桃、草莓、蓝莓、桃子手拉着手围成一个大圈圈，唱啊，跳啊，空气中都是清甜的味道。

是的，我感觉我已经疯掉了……

"仓"里吃的问题，我之前不是没有想到过。机智如我，3个月前早已经开始通过写菜谱，培训我妈等方法来预备这"山顶洞人"的1个月生活了。只是万万没有想到，形势比我想象的严峻多了。

首先，是"仓"里对食材的要求。

一、动物内脏不能吃。猪肝、猪肚、鸡胗、鸭胗全体"下线"。

二、冷冻水产不能吃。鳕鱼、龙利鱼、黄鱼、带鱼、贝类海鲜、螃蟹、鱿鱼等全体下线。

三、外面已加工好的食物不能吃。面包、卤菜、咸鱼、咸蛋、泡面、香肠、熏肉、火腿、肉干……除涪陵榨菜外所有咸菜、除苏打饼干外所有零食、饮料全体“下线”。

四、难洗干净的蔬菜不能吃。藕、西蓝花、花菜、空心菜、韭菜、韭黄、比较难洗的蘑菇全体“下线”。

五、苹果和梨子只能吃熟的。

其次，调料的要求是严禁辣椒。这个范围就大了，包括“老干妈”、香菇酱等哪怕沾一点辣味的酱料都不能碰。所以，其实能用的调料就只有酱油、醋、糖、盐、胡椒粉、蚝油、甜面酱。

最后就是烹饪方式。

一、不能煎。一票否决红烧××、闷烧××、煎蛋、蜜汁鸡翅、糖醋排骨、香煎鱼排等所有类似物。

二、不能炸。一票否决鱼香茄子、爆炒鸡丁、盐酥鸡、油爆大虾、椒盐××等烹饪过程中需要炸的菜品。

三、不能烤。我家也没有烤箱。

四、一定要熟透。口感是什么？我不知道。

这么算下来，我数着手指头都能算出来我能吃的东西：

清蒸××、××炒肉、××炒蛋，各种汤、各种清炒、各种粥、各种蒸菜。

看上去还不错哦，选择还挺多。但我每次睁开眼睛想到今天的三餐又是清淡至极的“汤+清蒸+蔬菜炒肉”的组合，就感到人生之寡淡。而且这蔬菜的选项里面还没有我最爱的藕。

我一直知道自己是个吃货，但是自认为是个理性的吃货，是个“90后”典型的养生派。每个月10天吃素，火锅必点清汤，口味少油少辣，对烧烤和零食嗤之以鼻。对于这次“仓”里的1个月，我原本充满了信心。

殊不知，以往那些我坚持的健康饮食习惯是基于一个前提：有选择不健康饮食的权利。我可以自行选择放辣还是不放辣，油多油少，几块炸鸡配沙拉，半年才吃一次烤鸡，偶尔尝尝新口味的薯片和泡面，热量超高的美式早餐可以半年来一次。

这都是我在清淡和健康饮食之后隐形的福利，而我的健康饮食，是基于我个人意愿的选择。

就如同一个富人买得起北京的房子但不买，但一个打工仔不买是因为根本买不起，这就是两回事。

想而不得，是谓奢侈啊。

以前买房对我来说是奢侈，这下，连吃都成了奢侈。

当然历史的巨轮总是在不断推进的，还没等我沉溺在对吃的无限焦躁中太久，生活马上翻开了下一章：味觉迟钝和胃胀。

瞬间，对于食物的欲望也成了一种奢侈。这倒不失为一件好事，“仓”里的生活马上变得平静祥和起来。看来欲望真是一切苦的来源啊！

2018年10月17日

"移植仓"减膘计划宣告失败

我在进"仓"前，就做好了出"仓"瘦20斤的准备。

因为据多名病友报道，在"仓"里险象环生。首先是5天的化疗预处理，接下来是2天的恐怖清髓大化疗，再加2天的ATG（我还没弄懂这个是啥）。这9天就是地狱的开端。其间，呕吐、发烧、感染、拉肚子、便秘、皮疹……一切你能想到的都可能发生。等到回输供者的干细胞之后，白细胞降为零，持续时间长达两周。其间，病人就是一只蚂蚁，随意就会被细菌、真菌、病毒"踩"死。各种感染，包括口腔溃疡、肛周溃烂、发烧寒战，都有可能发生，还会食欲不振，味觉丧失。

所以，带着这些可靠情报，我当初是抱着破釜沉舟的决心、视死如归的悲壮走入"移植仓"的。嗯，我还买了小一号的衣裤备用。

当我今天，在整整等了5天床位后，终于可以走出"移植仓"时，我成功地瘦了……4斤。

我预想的一切，都没怎么发生。

第一天上化疗，我心里可有仪式感了。我仿佛看到一个筱慢坐到我对面，对我说："嗯，今天是艰难的一天，你可能会不舒服，不要紧，这只是一个过程。"我还庄重地点了点头，一种崇高的革命精神升腾在心中。然后，一天就这么莫名其妙地过去了。

之后4天,也莫名其妙地过去了。

到了上恐怖清髓大化疗的当天,护士小姐姐可能看我之前没化疗时的反应太嘚瑟了,就严肃地提醒我,这两天真的会不舒服哦!

我又感到事态严峻,赶紧与对面的筱慢一起加油打气。果然,那两天我感受到肠胃的不适,譬如恶心反胃。幸好我早有准备,赶紧通知我妈给我做所有事先说好的糊状食物和汤类,暂停所有的固体食物。这样,吐起来干干净净,全是水分,口气清新,心情舒畅,就能马上又吃下东西了!

其实两天的时间,我也就吐了3次,不过也瘫了两天,省了点流量,减了点膘。

过了大化疗,我就立刻"满血复活"了。

等到回输完我爸的干细胞以后,我很"中二"地一直感觉到一股勃勃的生机在我体内奔流。再加上看了护士小姐姐推荐的动画片《工作细胞》,我仿佛能看到这些干细胞在我身体里可爱勤勉地工作着。虽然每天的抽血报告单上白细胞一栏里还是一个巨大的"0.00",但是我每天依然很亢奋。

不过,危险还是时刻存在的。主治大夫就严肃地告诉我,你现在是白细胞0期,非常脆弱,很容易感染、发烧,而且之后用的甲氨蝶林可能会引起口腔溃疡和膀胱炎。根据我的可靠情报,这些情况都让人很受罪,所以我心里头还是担忧的,但我知道我对面的筱慢会永远和我在一起。

心理准备做了一堆,"仓"里的清洁消毒工序和大量喝水我也严格遵守，结果除了舌头上长了一个小泡后来又自己消了，还有一点食欲不振之外，什么都没有发生。

我每天还是跟神经病一样亢奋。

就这样亢奋到回输后的第9天。那天中午吃完饭，我突然觉得腹部胃的位置特别痛，一阵一阵，就跟抽筋似的。我立马怀疑是中午的牛肉不消化，赶紧问医生拿胃药吃了。谁知并没有用，疼痛依旧，而且躺着、坐着、蜷着，都不管用，反而只有站着伸展还好些。晚餐我还委屈地只吃了流食。

谁知吃过晚饭，在某一个时刻，胃部的疼痛神奇地转移到了腰背部，那叫一个酸爽！一阵阵的抽搐，疼得我哇哇叫，躺也不是，坐也不是，我只能站着看电影。主治大夫说我这是在长细胞了，明天一查血，准不一样。

我的第一反应是，敢情下午不是胃痛，是肌肉肋骨疼啊，把我的晚饭还给我！

晚上值班医生给我开了止疼片，根本没有用，睡不着，我又嚷嚷着要打止痛针。他走进来看到我思路清晰，"巧言令色"，还使出浑身解数撒娇要打止痛针，就……走了……留下一句话：你也不是很疼嘛，要坚持。

当然到了最后的最后，他看到我大半夜还站在床边看电影，挺可怜的，就给了我一片安眠药，我这才勉强睡了一觉。

第二天，果然，白细胞成了0.2。真是不枉我要死要活了一天啊！

到了回输后第11天，我的白细胞就十分争气地涨到了1.5！已经可以出"仓"啦，就等外面病房的床位了！此时距我开始打化疗，过去了20多天。速度之快，以至于有个护士小姐姐说：“我怎么觉得你刚进来就要出去了？”

其实我觉得她说这话大部分原因是我太可爱了吧（不要脸中……）。

回顾这在“仓”里的20多天，实在是……太无聊了。一个人，天天在同一个小屋里，看着一样的天花板、一样的桌子、一样的床。虽然有好多美丽可爱的护士小姐姐来和我聊天，但是没有亲自接触外面的世界那样舒心。

不过像我这么亢奋，怎么会闲得下来呢？

所以我一共看了9本书，2部国产剧，2部日剧，10多部电影，新老综艺一个也没有落下，另外还写文、刷微博、聊天……每天都充充实实、满满当当。

不要问我之前准备的网课看完了没有，要怪只能怪天天给我推荐剧集的护士小姐姐们。

总之，我的“仓”内生活，用小护士们的话来总结吧：

护士1号：“每次进你的屋，都觉得很不真实，这真的是‘移植仓’吗？还有，不要站着压腿！”

护士2号：“你每天就输这么点液啊！”

护士3号：“你怎么从来没有输过血细胞？什么？血小板也只输了3次?!”

护士4号：“你又把饭吃完了?! 你这个样子哪里像个病人……”

追加管床大夫牢骚：“我也想你赶紧出‘仓’啊！你在‘仓’里一天，我就要写一天你的日志。你每天都没有状况，每天都是一样的，但是领导还不允许复制粘贴，我每天绞尽脑汁想新词儿很烦的啊！你能不能快点出去啊！”

嗯，是的，这就是我的“移植仓”。我减膘失败的见证地。

但减膘没有在“仓”里完成，在“仓”外可不一定哦。外面的世界充斥着危险，细菌和病毒还埋伏在路旁，排异在路途上设满了陷阱，狞笑着迎接重生的“小白”们。我还会握着我对面筱慢的手，和我的家人并肩，抱着破釜沉舟的决心，义无反顾地走在减膘的大道上。

2018 年 10 月 25 日

老天，请赐我一个安稳觉吧！

我已经1个月没有睡过一个好觉了。睡4个小时是常事，1个多小时醒一次，多梦，甚至梦魇。哎呀，我都不想说我做的那些梦，铁定会吓到你们。梦里我都在打怪升级，惊悚恐怖，我都怀疑自己是不是有自虐倾向，生活都这么难了，还对自己那么狠啊……

在你们的想象中，经过这么长时间的缺觉，我现在一定是憔悴不堪，哈欠连天，眼睛底下带着深深的黑眼圈，皮肤变得干枯蜡黄，每天跟僵尸一样活着。

可是正相反，我现在皮肤嫩得可以掐出水，天天亢奋得和神经病一样。自我感觉可以上天揽月，下海捉鳖；行动敏捷如豹子，灵感闪现如闪电。每天都打满了鸡血，生龙活虎。

除了脸肿胀成了一个巨大的肉球和偶尔的头痛之外，没什么其他难受的感觉。

这一切都是因为一个我又爱又恨的东西——激素。

在“仓”里回输完我爸的干细胞后，医生给我加上了比较大剂量的激素。移植病人使用的激素一般是糖皮质激素，它的作用可多了，可以抗炎、抗过敏、抗排异、抗毒素、减轻疼痛等等。移植后短时间内的排异属于急排，据说会比较凶险，用上激素的话，可以压制急排，让病人的排异反应来得轻微一些，不会危及生命。同时也可以让免疫低下的血液病人减少感染的风险。

但是激素是个两面三刀的家伙，它救你的同时，也谋划着害你呢。第一个副作用是变胖！特别是肚子、后背和脸……我的脸本来就大，现在肿得眼睛都看不到了……从远处看就像一个白白胖胖的馒头……

第二个副作用是精神高度亢奋。我曾经在“仓”里创下过两天没合眼的记录，完全没有睡意，活生生看完了4本小说，第三天心率直接飙到130。我觉得这样下去我铁定要猝死在“仓”里了，就心不甘情不愿地吃了颗安眠药，但也只成功睡着了5个小时。

第三个不算是副作用的影响是病友告诉我的。他们很多人吃了激素以后都出现了暴食的现象，就是永远吃不饱。无论吃多少，都会在两个小时内饿得胃疼，永远被无法满足的食欲折磨着。我听上去的感觉就像神兽饕餮……不过这倒没有出现在我的身上，我一日三餐还是非常正常地进行，量也并没有比平时增加多少。不过我妈的解释很是戳心：“因为你本来吃得就非常多，你也不能吃得更多了。”感觉我才是神兽饕餮……

第四个副作用还没有发生，但是可能不久的将来就会发生——多毛症。不少移植几个月的病友都说，他们现在跟毛孩儿一样。女孩子还说她们开始长胡子了，开始讨论怎么刮胡子！我的神呀，简直不敢想象自己这个白白胖胖的馒头上挂着一弯黑黑的胡子的效果！幸好移植后都要戴口罩，要不自己都要吓着自己。（顺便提一句，即使不用激素，我们使用的抗排异药物也会让我们长毛……所以这是一定会发生的事情啊！）

其他比较严重的副作用还有骨质疏松、股骨头坏死、高血压、血管硬化等等。

因为激素有这么多的副作用，所以移植后也不能一直使用激素。医生会根据每个病人不同的情况来逐步减量。如果你状态良好，没有排异、感染或者其他不良情况，医生就会慢慢停掉激素。我现在的激素就由原来的6颗，减少到4颗，又减到现在的2颗。减到2颗以后，我至少有了想睡觉的感觉，而且也不做那些诡异的梦了，这算是让我比较舒服的剂量。

但根据病友们的经验，减激素的过程中，特别是减到1颗或者最后停用之后，人体会出现各种各样的反应。

大部分人会觉得昏昏沉沉，精神困顿；有些病友会有食欲不振，甚至恶心呕吐的情况；有些会有不明原因的发烧；有些则会全身无力、骨头酸痛；有些出现了排异和感染。

每当发生比较严重的情况，医生可能会把激素的量加回去。这样反反复复，病人可能要经历好多个加激素、减激素，又加激素、减激素的过程。哎哟，光是想想都觉得这是一场漫长的战役。

我想，等明天医生给我减到1颗或者停用激素以后，我可能就会正式进入冬眠的状态了。趁冬眠之前码码字，看看书，多吃吃，多喝喝，然后心满意足地冬眠1周，把以前缺的觉狠狠地补回来，也是件美事哇！

2018年11月15日

一场很“抓马”的病毒战役

我出“仓”以后在医院住了1个多月，前几天才被放出来。这段时间里我做的事，按小绵羊精辟的总结，就是吃饭睡觉打病毒。

在魔鬼病毒出现之前，我曾经深情地呼唤过我丢失了的睡眠，上天应该是听到了我心里绝望的呐喊，第二天就让医生给我把激素量减到了1颗(5毫克)。从此，我在暖气屋里“睡吗吗香”，吃吗吗香，日子过得赛神仙。(顺便提一句，照理说激素减到1颗是会影响食欲的，医生也特别提醒我这点，不过这似乎对我并没有影响……神兽饕餮本兽无疑了……)

但是紧接着魔鬼病毒的到来，拉开了一场新战役的序幕。

在此科普一下魔鬼病毒的神秘身份。

其实我们人体内时时刻刻都存在着很多不同种类的病毒，当我们的身体健康，抵抗力足够的时候，它们在我们的免疫细胞面前是毫无还手之力的，通常就像我家冬眠的乌龟一样表现得安安静静，乖乖巧巧。但是对于移植后的病人，免疫功能至少需要半年的时间才能重建，特别是移植初期，T淋巴细胞和B淋巴细胞的数量基本为0，这相当于完全拿开了压在魔鬼病毒身上的那只手，它们开始蠢蠢欲动，肆意繁殖，兴风作浪。

一般来说，移植后比较常见的，会在体内迅速增殖的两种病毒是巨细胞病毒和EB病毒。这两种病毒我们大部分人在婴幼儿时期都可能不知不觉被感染过，然后自愈了或者被治好了。说明这两种病毒还蛮弱的，只挑嫩嫩的婴儿下手……当然还有我们这种刚移植后的“宝宝”。

这两种病毒在体内的数量增多，并不一定会引发感染或者导致病症，只需要用药把病毒数量打下去就好；但是如果已经引发了病毒类的感染并出现了一定的症状，那么就不仅仅要打病毒，还得另外用药治疗病症了。

在第一次检测出巨细胞病毒阳性（血液里的病毒数量超过了正常值范围）的那天，我觉得医生比我还要无奈。因为我们早就已经收拾好东西打算出院了，她可能都已经安排好下一个住这房的病人了……没办法，魔鬼病毒神出鬼没，不由人的意志为转移，全世界只能围着它转……

但是！但是！但是！重要的“抓马”（戏剧化的）转折要说3次“但是”！在马上要开始打病毒之际，天上掉下来一个大馅饼。

还记得那天医生走进我的病房，全身散发着柔光，温柔美丽……绝对不是我美化记忆，那天她就是下凡的神仙本仙。她轻启朱唇告诉我，由于我除了巨细胞病毒阳性之外，没有其他的不良反应，也没有EB病毒感染，所以，我可以参加一个打病毒的实验。具体实验过程我就不说了，那不重要，重要的是我可以用医院平时就常用的那些药，免费打病毒！还可以领营养费！

没等我反应过来，我的嘴角已经咧到耳根了。当然，作为一个理科生，我后来还是严肃认真地研究了整份实验计划，向医生提出了一堆问题，然后秉着对自己认真负责的态度……

参加了实验！

不要说我财迷啊，那个打病毒要用的丙种球蛋白俗称“小茅台”，贵到让人心颤，还是个自费药，有免费的，不用白不用！

后来我问那个实验室的工作人员找到他们想要的18个实验对象没有，他们说最后就找到4个，符合实验条件的病人太少了。所以……“锦鲤本鲤”有没有！

接下来我就安心住着院，开始打病毒了。

但是！但是！但是！重要的“抓马”转折要说3次“但是”！我打了两天的药，再复查病毒的时候，出现了一个匪夷所思的情况——冒出来两份结果完全不同的病毒报告。

一份的数值显示病毒已经转阴（病毒数量降到正常值范围内），一份的病毒数值高出天际，冲破大气层，要奔向宇宙了。具体多高呢？一般来说，我看病友的病毒报告，数值后面都是“10^3”，我那个是“5×10^4”……我刚开始还以为自己提前进入老年期，眼睛不好使了，在发到病友群里以后，发现原来震惊的不止我一个。

病友们安慰我说，肯定是医院觉得这个数值太不正常了，又验了一次，发现弄错了，就又出了一份转阴的报告。后来医生过来跟我解释说，转阴的是实验室自己验的，高的是医院验出来的，她觉得两个都有问题，明天再复查一次。

我满心期待地等了一个晚上，怀揣着转阴的梦想，被第二天清晨的阳光叫醒，然后又收到了一份数值高出天际的报告单。

看来还是要相信医院。

医生又跟我解释来了，光是一个病毒数值不代表什么，以前还有过比我更高的呢，只要没有感染或者病征，都没事。的确，我整个打病毒的过程都很安稳，没有不良反应也没有不舒服，这也是很幸运了。

医生还给了我们一个B计划，如果下一次复查时病毒数值还往上涨，就可以用一种叫供者T淋巴细胞培养的方法，也就是抽一点我爸的血，从里面提取出免疫T细胞，培养到一定的数量，再回输到我的血液里去打病毒。这个一般是最有效的办法了，只不过培养时间长，而且……贵。

我就天天许愿呀，哎呀病毒你下去吧，你下去以后我请你吃好吃的，带你出去玩啊，你看睡觉多舒服啊，你就睡着吧，别醒了。欸，它竟然听懂了。下一次复查，还真就转阴了。50000一下子降到700，我是“锦鲤本鲤”无疑了！

我开心到飞起，因为等病毒再保持一次转阴，我就可以出院啦！

但是！但是！但是！重要的“抓马”转折要说3次！接下来的一次复查，不但巨细胞病毒卷土重来，连EB病毒这个魔鬼也来凑热闹了！

虽然说EB病毒超标的数值不高，但是它比巨细胞病毒凶险多了，万一导致淋巴结肿瘤，那我就要多做一个手术了。不过医生说EB病毒是个狡猾的小家伙，有可能下一次复查它就自己没了，所以暂时还不用药，观察一段时间。

事实证明，医生还是很有经验的，果然过了两天，魔鬼EB病毒自己睡过去了，药不用打，T细胞培养也不用做了，皆大欢喜！

但是！但是！但是！重要的“抓马”转折要说3次“但是”！唉，我觉得你们已经知道我要说什么了……几天后魔鬼EB病毒打了个盹，又醒来了……那时我只想揪着它的头发（如果它有的话）怒吼，兄弟你到底想咋样，来还是不来，给个准话啊！

于是之后的每个复查日，我依然和一同打病毒的战友们守着医院那个全是程序漏洞的App，一次次刷新，等待着我的病毒报告，期待着能看到那两个转阴的数字。

所幸的是，EB病毒被我一吼又退却了，所以没等医生用药，它又和它的好朋友巨细胞病毒手拉手冬眠去了。3个多星期，终于甩掉了这两个魔鬼，我真是“老泪纵横”啊。

虽说与魔鬼病毒的第一次交手告捷，但之后还不知道它们是否会发起新一轮的攻势。我不管，我先出院，我已经闷坏了。

2018年12月9日

3个月急排期里
我都干了些什么傻事?

2019年1月10日,是我重生满3个月的重要日子。(的确,按一个朋友在朋友圈里说的那样,带"2019"字样的日期看上去总像是遥远的未来的某个日子……)

这3个月属于狗年,我却过得跟只被狗撵了的老鼠似的。自从回了家以后,我基本没有为了上医院以外的事儿出过门,一有点什么风吹草动,耳朵就竖得老高,警惕可能到来的一切威胁。

我刚刚出院回家那会儿,发现我们租的这个一室一厅装了大概三室一厅的东西。炒菜锅和米桶栖身在鞋架上层,偌大的蒸锅就明目张胆地摆在地上,房间的每一个角落都塞满了东西,就连衣柜和墙壁之间那个5厘米的缝隙,都藏着一个折叠晾衣架。电视可以看,只是被电视柜上放的杂物挡掉了一半;外面客厅里的床可以睡,只是其中一半的位置上整整齐齐地放着几大摞衣物;桌子可以写字,只是会有一堆书、护肤品和从医院拿回来的乱七八糟的收据来侵占你的地盘。

上次小柯基叫我去买一套漂亮盘子来拍美食视频,我告诉她,我们家目前连放一套新盘子的空间都没有了。

医院宣教的时候说过房间里的东西要越少越好……

不对，应该没有说过。不要告诉我，我没听见没听见。

不过我的确是担心家里这么多东西，灰尘会很多。我之前买了个Blueair的巨型空气净化器，可派上了大用场。现在我24小时不间断地开着它，不开我就感觉要被灰尘的海洋溺死了。那天卷毛鹄到我家来玩，说刚从室外进来就发现，我家的空气简直太清新！就因为这台Blueair，我现在对“双十一”的爱甚至超越了奶茶、咖啡。便宜3000块，再附赠一个洗脸仪和一个小型号的Blueair空气净化器，要不要了解一下？

不过，家里东西多，慢慢用总能用掉，问题是我家还多出一只动物！

那只乌龟是一个老爷爷从我家旁边的那条宝河里捞出来，送给我爸的。（我的朋友应该都知道，我爸那段时间沉迷于效仿北京大老爷们，去河里捞泥鳅，技术后来居上，收获颇丰。）我爸觉得它看上去呆萌呆萌的，就带回来放在桶里养着。那个时候我还在住院，他想等我回到家，看看它，再去把它放生。

谁知我是个不争气的，一直到我爸回去上班了，我还在医院里住着打病毒。于是出院回家以后，这个放生乌龟的重任就落在了我和我妈身上。

但时光飞逝，季节轮转，我出院时已是冰天雪地，琼树银花……（北京现在还没下雪啊，我就随便这么一说）总之我出院的时候，北京的气温已经降到0摄氏度以下了，河岸边的一圈水已经冻上了一些。我和我妈俩傻子就在这个气温下去放生乌龟了。

那天外面的冷风真的是嗖嗖的，我至少穿了4层衣服在身上吧，还戴了口罩、帽子，但脸上的肉还是被风刮得僵掉了。我心里好佩服小乌龟，真勇敢啊，这么冷的天都不怕。事实证明，它怕得要死……

我和我妈刚把它放到水里时，它就像被人打了一棍，打醒了。眼睛睁得老大，4条腿拼命扒拉扒拉，奋力想要爬上岸边高高的石头。我和老妈欣慰地看着：它多么活泼，小动物就是喜欢大自然。

它在岸边捣鼓了一阵，可能觉得爬上石头的希望太渺茫了，于是掉过头往河里游去。看着它越来越慢的动作，我和我妈才开始担心起来。果然它没游几下，就彻底不动了！四条腿就这么支棱着，脖子也支棱着，怀着对突然变冷的世界的疑惑，沉下去了……

这下我们慌了神。我妈赶紧在岸边折了一根枯草秆子，拼命把它拨到岸边来，捞起来放在手里。此时它已经冻成了一坨冰……

乌龟放生失败以后我才仔细问了淘宝上卖龟粮的商家，原来乌龟是要在4摄氏度以上的半湿润环境里冬眠的，低于4摄氏度，乌龟真的会被冻死的。放生差点变成杀生……

不过医院宣教的时候说过不能养小动物，会有细菌……欸，这个也没说过吧。反正我也没听见。

这3个月，除了上医院抽血和看医生以外，大部分时间我都在家里做做饭，看看书，写写文，看看综艺，之前听病友说移植以后怕骨质疏松，我就抓住这个借口懒着，没做过什么剧烈运动。

有一天晚上，我爸甩给我们一个直播链接，是他们学校的一个晚会。我本来没想点开看，但我妈点开了，我就凑过去看了两眼。看了一会儿，一群跳街舞的“小鲜肉”出场了。不得不感慨现在的孩子的确是多才多艺，街舞水平比我们高中那个时候高多了，底下女生的尖叫声他们还是配得上的，想起当年我们学校那个街舞队，也不知道当时我们尖叫个什么劲……捂脸羞愧。

总之就是我看到一群“小鲜肉”在跳地板舞，那些经典的动作唤醒了我自大学毕业以来沉寂已久的街舞之魂。我身上的肌肉（坚挺着还没变成肥肉的那一批）不禁随着回忆躁动了起来。于是，我满怀雄心壮志，跟我妈说：“嘿嘿嘿，我也会跳这个，我跳给你看！”

我穿着拖鞋跳到第二步，就跳地板上去了。

然后只能跟病友借了轮椅去看骨科医生，开了药。现在脚还肿着。

真不是我技术差，只是拖鞋太滑。等脚好了，穿着球鞋再high起来！

我的确是对平稳度过急排期感到很开心的，因为等进入了慢排阶段，禁忌应该就可以放开一些了吧……虽然我还没问医生，但我已经谋划着要把我亲爱的辣椒们请回来了，我已经与你们分别得太久太久……

哦，对了，这3个月里最大的收获，就是在小病友和大神朋友的指导下学会了“吃鸡”。我采取的策略取得了巨大成功，即能躲就躲，能跑就跑，哪里有枪声就往相反方向跑，最终成功“吃”了不少“鸡”。有机会，咱们“开黑”呀！

2019年1月11日

奇迹游乐场

第二部分

我也曾很抑郁呀！

剃 度

我人生中有过两次“剃度”。

第一次是四五岁的时候，我妈嫌我头发丝儿长得细，听信谣言把我头发全剃了，说这样头发能长得更强壮。事实证明，谣言永远是谣言，我依然顶着一头婴儿般的发丝长大了。

第二次是在北京大学肿瘤医院后门，几条错综复杂的小巷里，一间简陋的5块钱理发店。它开在水果摊、杂货铺和一个我至今还不知道名字的居民区的旁边。印象中，北京的树很高，叶子很大，早秋的落叶在空中就像一艘艘小船。树荫下的水果摊、杂货铺，总聚集着从各地来的病友和没心没肺追逐打闹的孩童。

其实，在“剃度”这个方面我还是很果断的。2012年9月，在一个我和我妈此后即将度过8个月的出租屋里，我正躺在床上看书，就这么随手一抓，一缕头发悄无声息地滞留在我的指尖。那一刻的心情，我不知道是一种为了掩盖恐慌而营造出的兴奋，还是纯粹因为未知新奇而感到兴奋，反正我一下就从床上跳起来了，拉着我妈说：“开始掉头发了！走！剃头发去！”

我妈这一路上还有点犹豫，到了理发店她还问着：“想好了吗？可能不会掉完呢？”但我一想到头上只留着几缕头发，每天还要用梳子精心整理的那些病友，就铁了心地想剃头。那家理发店小得可怜，就两个座位加一个洗头位，进去的时候人已经满了。这什么世道，剃光头还要等20分钟……好不容易轮到我，跟老板说明来意，竟然还要收我5块钱！这么没有技术含量的活儿，我要是有设备我自己就干了，还要收我钱？唉，没办法这方圆5里也就这么个勉强算有金刚钻的地儿，只能被宰了。

坐上去围好围裙，直接开剃。老板一边剃一边和我聊天，剃着剃着停了，一看，剃完了右边脑袋。老板说：“要照个相不？剃到一半了。”什么，剃到一半要我照相？这种过于时髦的发型我也并不想保存下来啊……

很快就剃完了头，还洗了个光头，戴上帽子就完成了。

我全程非常放松，夹杂着不小的兴奋，可能是因为对未来化疗生活的盲目乐观，也可能是对未来几个月毫无负担无忧无虑的生活的纯粹向往。

真的，2012年乳腺癌的化疗对于我来说，就是一次优哉游哉的人生假期。

昨天，我刚刚完成我人生中的又一次“剃度”。这是第三次了。初衷有点不一样，这次是因为不想每天洗头。经过白血病第一次化疗，我有点明白这次的化疗和之前乳腺癌的化疗相比，副作用会来得更大更猛。发起烧来几天都没法洗头。我怎么能忍受这种油腻腻的中年妇女形象呢？于是我昨天跟护士说，干脆都剃了吧。

就这样，我的第三次“剃度”在新加坡医院完成了，我被剃成了个平头小子，自己摸着头都觉得扎手。这次心里少了些兴奋，多的是解决了一件事的舒坦。

偷偷告诉你们一个秘密，我头上可多痣啦！

2018年5月21日

病　友

在新加坡治疗最不好的一点就是交不到革命感情深厚的病友。唯一的一个是在住了两天的5人病房认识的，是一个30多岁的姐姐，我觉得她像小浣熊，还蛮热情开朗的。她是淋巴癌复发，现在回医院做自体干细胞的回输治疗啥的，我也没怎么听懂，好像就是把自己的血弄出去培养培养，再输回来。反正当时我听着，觉得这个治疗方法好像还不错的。

那个病房里还有一个慈祥的大妈和一个活泼的大妈，我和她们就聊了几句，也没培养出什么感情。后来我就转到单人病房了，就更没机会认识其他病友了。

新加坡人非常注重隐私，一般来说不轻易和别人搭话，去问人家的家长里短，生怕戳到别人的痛处。所以当护士告诉我们，我们旁边的单人病房里住着一个和我得了差不多病症的20岁小男孩时，我们其实是很想和他的家人交流交流的，但一直不敢刻意去，只想着能不能有机会在走廊上碰到他妈妈，但一直都没有机会遇见，也就根本没有交流上。

这一点和北京真的是截然不同。北京人民那个热情，真是能帮你驱赶走所有的阴霾。

还记得我2014年乳腺癌复发的那次，一回北京就住进了单人病房，这也算是我主治医生对我的垂爱吧。但这个单人病房可热闹了，经常有病友在走廊走动的时候走到我门口，哎，就跟遛弯串门似的进来了。坐在椅子上一聊就是1个小时，问东问西，把我祖宗十八代都了解清楚了。整层楼可没有什么隐私可言，进我房间的人多了，基本上这层楼住着谁，谁是什么情况，为啥住院，我都清清楚楚，素未谋面却对彼此了如指掌。

现在还和我有着联系的大雁姐姐就是由病友介绍，特意来到我房间和我聊天认识的。那时候我还很年轻，又是复发，所以在整层楼可能都赫赫有名，大家都知道有个年轻妹子乳腺癌复发又住进来了。大雁姐姐患病时也很年轻，又是出了名的热心和开朗，其他病友就介绍她来鼓励和开导我。她是做娱乐经纪人的，以前带过很知名的艺人，真的是性格十分豪爽。我还记得她为了安慰我，把她自己患病之后男朋友跑了不理她的事情大大方方地说出来了，说："你没有男朋友是个好事啊！你看我这种情况下，男朋友跑了，不是更惨？"我一时也不知道如何反应，因为她说这事儿的时候就跟丢了1块钱一样的无所谓。

她那个时候还问我要不要帮我弄一顶好的假发，用真头发做的，戴上不扎，说明星就用这种，就是贵点儿。我听得一愣一愣的，关注点只在于：哇，明星用的假发真的好贵！只是后来我没做化疗，就没体验到。这回我要是再回北京治疗，也许可以找大雁姐姐帮我弄一顶吧！

后来治好以后我还一直在微信上和大雁姐姐有联系，我还就患病之后找男朋友的问题向她咨询过。但是我发现她并没有和我类似的困扰，因为她还一直交着男朋友！这真是性格改变命运啊，看来患病真的不是我一直单身的借口，我真得好好反思一下。

再说到2012年我第一次患病的时候，那时候还是在北京大学肿瘤医院住的8人病房，病友们也形形色色，各具特色。大家住在一起，在不断给彼此打鸡血的同时治愈自己，还会在某个人出去做手术的时候一起为他加油打气。

每天白天病房里都叽叽喳喳的，我们彼此交流着各种信息，什么医院附近哪里有便宜的房子，怎么找护工，怎么增长白细胞，怎么补气补血，怎么弄到最好的海参和补品，怎么锻炼身体，这个医院的医生各有什么特色，谁做手术做得最好，哪个小医生学得最好，等等。病房里时时刻刻蒸腾着热闹的人气，似乎连病魔都被这股热气绕晕了脑袋，张皇失措地逃了出去。

当时我们病房短暂地住过一个阿姨，我印象特别深刻。她特别痴迷太极剑，每天早上都要去楼下的小公园练剑，练得一身汗。后来她做完手术没几天又跑去楼下练剑了。护士苦口婆心地劝导:“你的伤口还没好,不能出汗,出了汗怕感染。你等养好了再去练剑行吗?”人家阿姨义正词严地拒绝了:“锻炼这种事情怎么能怕出汗呢?出汗我也要练,感染我也要练!”我当时就觉得,哇,这绝对是太极剑发烧友的最高境界。

2012年我还认识了田螺阿姨,她现在还和我们有着很频繁的联系。田螺阿姨是一个佛学者,有一颗十分温柔善良的心。当时我第一次患病,刚住进病房的时候,我妈的情绪不太稳定,在病房里有时候会哭起来,田螺阿姨住我隔壁床,看到我妈哭就会开导她,劝她在女儿面前要表现得更坚强。田螺阿姨本身特别乐观,她一直坚信我们的治疗一定都能成功。当时陪床的一直是她老公。叔叔真是“二十四孝”好老公啊,端茶送水,对田螺阿姨呵护备至,说话都是轻声细语。我妈看了就一直骂我爸,说你看别人的老公,再看看你!我爸反正就是死猪不怕开水烫,一脸无所谓的表情。他一直这样……

这次再过一段时间,我可能又要回北京治疗了。不过这次住进的会是需要严密保护的血液科,可能也不会再有以前那种大家叽里呱啦开茶话会的氛围了吧。以此文纪念一下,给过我鼓励、安慰和欢乐的,一起在枪林弹雨里闯过来的病友们。

2018年5月24日

我的孩子们

从天上砸下来的白血病，一下子砸断了我平稳的教师铁轨，火车只能赶紧驶上岔路，朝医院奔去了。

只是没想到，铁路那头还有人踮着脚尖在等着我这列火车到站。

这次病发突然，从看医生到住院到确诊，只用了短短两天时间。一时间，需要考虑和处理的问题突然从生活的各个方面冒出来，搞得我焦头烂额，手足无措，自然无暇顾及工作方面的事情了，什么教材、上课通通被抛诸脑后，也苦了公司的同事们……

直到前两天，我收到小柯基帮我从公司领回来的，我中四班的6个孩子写给我的信件。我这才意识到，原来一个月前，我就这样不辞而别了，而他们现在还在等着我回去，我顿时感到无比惆怅。

回想起来，我在新加坡当中文补习老师也快3年了，其间真是累啊！身累，心累，哪儿都累。主要也是因为我特别容易焦虑，应付这么多的孩子，焦虑就是成倍成倍的。一天的课哪个环节没上好，对哪个孩子的突发情况应对得不够恰当，哪个知识点自认为没讲清楚，我都能焦虑整个星期。再说，我“厚颜无耻”地决心当一个作家，所以对于老师这个岗位，我自认为是不会有丝毫留恋的。

但后来我遇到了这6个孩子。

新加坡的教育系统比较复杂，光是中学的中文，就分为高级中文、普通中文和基础中文几种。学校中呢，有一种叫IP学校，即直通车学校，简单来说，是一种可以直升到本校高中的体系，这个体系中的学校都是最好的学校。其他有些学校里会有直通班，这个就和我们中国的一些好学校差不多了

这6个孩子全是来自IP学校的尖子生。我在去年初，也就是他们刚上中三的时候接手，一直教到今年的4月底。时间不长，不到两年，我也没想到会对他们有这么深的想念。

他们写来的信我一字一句认真读了好几遍，看的时候心里甚是高兴欣慰，再加上时不时冒出来的病句，孩子们独特的“脑洞”，我是边看边笑，乐不可支。旁边的小柯基一脸不理解：“你怎么不哭啊，不感动啊，我都想哭了！”

我也感动啊，感动于原来孩子们都清楚明白地知道我的付出、我的心血，原来他们把我上课时的特点抓得这么准确，原来在他们心里我是一个如此好玩、有趣、温暖的老师，也感动于孩子们不约而同给我的承诺：老师，因为你，我对中文更有兴趣了，我也会坚持，继续努力学好中文。

但我更多的是开心。开心小豪承诺会变得勤奋起来，开心小恒对中文的兴趣越来越浓，开心小星依旧是那个温暖善良的美丽女孩，开心小庭正向着自己的目标奋斗，开心小诗正一点一点树立信心，开心小伊的文笔越来越优美。

每个孩子，都在成长为更优秀的自己。

而我，这一年多来，也在他们的感染下，变为一个更为优

秀的老师。

回想起陪伴他们走过的历程，也是很不容易的。刚开始接手，我只是一个教学经验还很缺乏的新手老师。想起他们之前的老师都是有着十几年教学经验的老教师，我连肝都颤。再加上面对的是这样一批目光如炬、求知若渴、阅老师无数的尖子生，我对自己是缺乏信心的。每节课的备课妥妥的两个小时以上，比一节课的时长还长，连板书我都会仔细设计。所以加班就是必不可少的“主菜”了……

除了生词、课文、习题的讲解，我还有自己的野心。我不喜欢应试，所以我总痴心妄想要培养他们对中文的兴趣。每天睡觉都在想上课如何增加一些他们感兴趣的话题，组织一些有趣的活动，经常一想就是一整宿的失眠。

有一次我上着课，忽然小伊举手说：“老师，你写错字了！”我那时心里一惊，看白板看了半天也没看出来。小伊又说：“老师，那个‘杂’字下面不是木啊！”我的天，原来这个字我写错了20多年……我那时其实很挫败，但不想粉饰自己的错误，只能诚实地说：“小伊，我20多年都写错了！你真的改变了老师的人生观和世界观！”全班哄堂大笑。没想到这件事竟然成了他们和我变得亲近的契机。

但是我真的为这事挫败了好一阵……

这帮孩子的确是不好糊弄的，动不动一个问题就能噎死你。别想用冠冕堂皇的借口和权威身份来“镇压”他们，扎扎实实的业务能力和真诚随和的态度才是“降服”他们的法宝。

后来我们越来越有默契，我开始了解他们每个人的性格、优点和缺点，大力鼓励并适时提醒。同时我也注意到那些细微的反应，一个抬头、一个微笑、一个皱眉，其实都是他们在表达着自己的态度和想法。我学会了观察，以及如何幽默自然地去指引他们大胆说出自己的看法。课堂氛围变得越来越轻松，越来越活跃，每个孩子都在越来越积极地参与其中。

在中四的时候，为了锻炼他们的口头演讲能力，同时也增强他们的思辨能力，我弄了一个课前5分钟分享活动。话题我来准备，涵盖了个人、社会、科技、伦理、娱乐各个方面，让他们抽取话题以后回去准备一个星期，回来再进行演讲。为了能让他们畅所欲言，我开玩笑说："放心，这不是学校考试。你们所讲的任何东西，都只会留在这个房间。"

这次活动很成功，也让我大大地惊叹于孩子们的能力和潜力。很多我刻意刁难的话题，例如，"你认为女权主义是什么？你会支持女权主义还是平权主义？""你认为科技会使人类变得越来越笨吗？""Facebook和Instagram

的用户体验有什么不同？”这些问题，孩子们都给出了让我赞叹的答案。

中三结束的时候，当小庭告诉我她破天荒地在学校的中文口语考试中拿了第一时，中四的时候，当小星告诉我她总分冲进了全校第五时，我都想着：这和我一个补习老师有什么关系……直到她们的父母打来电话又是表达感谢，又是转达孩子对我的喜爱，我才觉得，好像和我是有那么一点关系。

这也让我沾沾自喜了好一阵。

这次收到他们的信，看着他们质朴的文字，看着他们写“李老师，我们会等你回来的”“李老师，你康复以后一定要再回来教我们”，我心里会涌上那么一股心酸和遗憾。是啊，我竟然都没有好好地和他们道别。

于是我那天晚上又失眠了，在医院里大半夜起来给他们写了一封长长的信。

信里，我教了他们一个新词，“无常”；我写进了我对他们每个人要说的话；我告诉他们我会好好治疗，争取早日恢复健康；我也告诉他们无论何时何地，都要保持幽默快乐的态度。

是的，快乐，是李老师对你们唯一的期望。

最后，小星，我觉得你特别有眼光，我自己也知道的，我就是个时尚无极限的老师。我还没在你们面前化过妆呢，下次回来我会化上妆，以最时尚的姿态地和你去逛街！

2018年5月24日

快乐，还是幸福？

我曾经在课堂上问过学生们一个问题：快乐和幸福，你选哪一个？

孩子们给了我清一色的答案：快乐。其中一个还特意用英文跟我强调了一次：就是快乐，pleasure，不是happiness。

嗯，很标准的年轻人的答案，也很成熟。年轻就是应该享受"今朝有酒今朝醉"的狂喜，恣情挥洒青春；说他们成熟，是因为这些孩子在十五六岁的年纪，就已朦胧感知到了快乐和幸福的差异，并已经清楚了解哪一个会让自己感到更轻松。

我告诉他们，从某种意义上说，你们的选择是正确的。幸福的确比快乐来得困难，来得痛苦。幸福是走过荆棘遍布的山冈后，开出的花。

不知道算是幸运还是不幸，在童年时期，我一直被很强的幸福感所包裹，但能回忆起的能归类于"快乐"的片段，却屈指可数。这看起来很令人费解，我想那些遭受过校园欺凌，但拥有一个温暖家庭的孩子应该能体会一二。

长大后看得清楚，也就能释怀，但对于一个不到12岁的孩子而言，来自同龄人的排挤和嘲笑，就像压在头顶的一大片阴沉沉的乌云，让其呼吸不得。加上天生敏感内向的性格，我的小学生活一直在谨慎、无助中度过，我常常用夸张的大笑和故作慢半拍的反应来掩饰深深的不安。快乐，对于一个缺少了同伴的孩子来说，是奢侈品。

学校中积累的所有负面情绪只有回到父母身边才能卸下。我早早体会到了来自外界强烈的不安全感和家庭无条件的包容之间的区别，这让我学会了珍惜，就像行走在沙漠的人热烈地拥抱每一个途中的驿站，近乎贪婪地守护每一滴清水。这种感觉就是幸福。

幸福更为绵长，更为持久，更为深邃。但在寻得幸福的路上，每个人有每个人的心酸。

2012年的北京，我同样经历了一段“幸福”的时光。那时候为了方便治疗，在北京大学肿瘤医院旁边破旧的居民楼里，我们一家租下了一间不足50平方米的一室一厅，开始了长达9个月的“蜗居”生活。那些居民楼，楼龄长达20年，土灰色的墙壁上布满裂痕，老式的声控灯忽明忽暗，还有晃晃悠悠的电梯。单照环境来说，这种居住条件真叫人糟心。

这样有限的环境与平淡如水的生活却给我带来了巨大的幸福感。除了需要上医院打化疗或者看医生的日子，其他日子我和我妈都是在准备食材、做饭、吃饭、散步中度过，感觉就像综艺《向往的生活》中的蘑菇屋，每天只为了一日三餐而劳作，空下来就聊聊天，玩玩游戏，唱唱歌，到楼下跟着大妈们跳广场舞。还真是有市井的那种闲适。

你说作为一个20岁的小年轻，不会闷吗？会啊，每天我都自己找乐子，有一次实在找不着乐子了，闷到想要立马收拾箱子出去旅行，多亏我为数不多的白细胞及时劝住了我……只是每当我想到主治医生偷偷把我单独拉到一边，告诉我确诊为乳腺癌的那一幕，我就想给我这间破旧的小房子一个大大的拥抱，紧紧地，不撒开手，因为它的存在告诉我，我的生命还在延续，我还活着。

只有遭遇生死，才能知道，生命本身就是最大的幸福。

也许你觉得我说得太大了，通常幸福在生活中呈现出的模样，似乎和快乐无异。和知己海喝一顿，这不既快乐，又幸福吗？可细细品味，又有所不同。当下的大笑、放松、打闹是种快乐，但当你意识到这也是幸福时，你感受到的却是知己的来之不易，是大家相伴走过的长路，是经历这么多风风雨雨后还能畅谈言欢的难得缘分。幸福的体验，总是伴随着得来不易的感慨，不是吗？

所以又回到最初的问题：快乐和幸福，你会选哪一个呢？想了想，如果这个世界上真的有天堂或极乐世界，那里面一定只有喜乐吧。毕竟，幸福是凡夫俗子在这娑婆世界的这片苦海中，用苦和失去换来的礼物，是属于渺小的人类最无助也最美好的体验。

那如果可以，我和我的学生们一样，选择永远快乐。这样，人间的苦痛也就不复存在了。

嘿，这还真是个孩子气的选择。

2018年6月25日

我也曾很抑郁呀!

我的母校新加坡国立大学,我现在回想起来,真的很漂亮。以前在校的时候经常抱怨上坡下坡累得慌,建筑结构不合理,校车班次不够多,毕业之后这些问题一瞬间都不见了。工作期间有过几次回母校的机会,每一次我眼里都只有郁郁葱葱的树林,青翠宽敞的草坪,外形精巧的楼房和不宽却崭新平整的道路。越看越喜欢,越看越怀念。

以前在校时,除了上课的课室、排练的舞蹈房和熬夜准备考试的图书馆,陪伴我最多的就是宿舍。我一共住过两间宿舍,一间是有着各种集体活动的学院式宿舍,一间就只是普通的单人学生公寓房。一动一静,把我的大学生活分割成了两种截然不同的状态。18岁的我,是绝对想象不到大三的时候,我的生活会突然变成那种住在学生公寓里清清静静的日子。

那栋公寓楼建在一条弯弯的校道旁,背靠着一座小山坡,郁郁葱葱的树林里会不时冒出几只小松鼠,早晨时飞进房间的小鸟会留下它们恼人的印记。我经常沿着校道,踏着青砖铺成的人行道,来往于课室与公寓之间。那间贴着墙纸,经常飘散着饭菜香的小小单人房,成了我大学生活的尾巴上满载着温度的回忆。

2013年3月,我完成所有乳腺癌的治疗流程,回校读大三，入住的就是那栋学生公寓。那间小屋见证了我从兴致勃勃开启新生活的兴奋，到坠入彻夜无眠的阴郁，再慢慢变得平和的全过程。这也是我自患上乳腺癌以来，未曾预料到的一段充满挣扎和成长的时光。

疾病本身并不可怕，让人介怀的反而是病愈之后要面临的变化。

应对变化这一点，的确是我在治疗过程中并未准备好的。当时天真地以为，所有人跟我说的“治好以后就跟个正常人一样”“完全可以回归以前正常的生活”这些鼓励的话就是事实，以至于满心期盼回校之后马上回归普通年轻人那种挥洒青春式的生活状态。却不晓得，真正地回归过去，早已经不再现实。

2012年到2013年，微信刚刚兴起，大家用得最多的还是微博和人人网，手机软件也远不如今天这般便利。移动网络作为2018年的人们的“空气”，在几年前还只是一棵雨后刚冒出的春笋。这样想来，当时在北京治疗，真有点与世隔绝的姿态，我也自然对远在新加坡的朋友们的生活状况不甚了解，以至于和朋友们阔别一年多后再次相处，我竟然感受到了巨大的心理落差：所有人都在快速地改变和成长，只有我还停留在原地。

一年多的成长，在朋友们的外表与谈论的话题上表现得彻底。他们的表现时时刻刻提醒着我，他们已经准备好迎接实习、工作，准备好走入社会，可当时的我还顶着刚长出毛的小平头，“激素脸”也还没消肿，心里因为一年的缺课而对所有实习项目都缺乏信心。校园里大家朝气蓬勃、充满干劲的氛围像一只手推着我、拉着我，叫我赶快跟上步伐，可我却觉得我无论怎么做，在他们面前都相形见绌。

当时的我因为备感恐慌，于是催促自己强打起精神，努力照着一个“普通年轻人”的模式去打拼、去生活，却没承想背上了更大的压力。到今天，我回想起那个时候的状态，应该是一种拼尽全力想要逃出“病人”的身份，却始终摆脱不了疾病阴影的纠缠的状态。

每天都要按时吃药，每个月都要去医院打针，每3个月要去见一次化疗医生，每半年要去见外科医生，每年要做的抽血、B超、CT、MRI数也数不清……这些日子都需要我好好记住，好好规划，连外出旅游、面试、聚会都通通要为这些“重要的日子”让道。当我为熬夜感到内疚，当我不再去夜店、KTV通宵，当我在每次复查前感到克制不住的紧张，当我在寻找实习机会和学业中面临压力的同时，需要再应对一层“压力太大是不是对身体不好？”的焦虑时，我才发现，无论我怎么努力回归，我的生活都不再和“普通年轻人”一样了。

那个学期我开始失眠，无数次在黑夜里在我的小屋哭泣。我还没能接受自己的生活已经被完全改变的现实，我还有点不甘心，有点难以置信，有点愤怒，有点不知所措。那次我对几乎所有同学都隐瞒了我生病的事情，我想要在他们面前做一个完完全全的普通人，可夜晚总是会撕掉所有的伪装，让人直面自己的内心。而当时的我却没有这个力量去消解那些赤裸裸的焦躁和恐惧。

还记得事情的转机是在一天凌晨，时刻都清清楚楚地印在我的脑海里：2点23分。那又是一个不眠之夜，我躺在靠窗的单人床上，蜷缩成一团，用自己的全部身心抵御着黑色的钢铁般的绝望，却依然被无所不在的情绪击垮。我甚至觉得被黑夜扼住了喉咙，喘不过气来，下一秒就会窒息。我再也没办法自己一个人承受这些，于是，我心存侥幸地拿过手机拨打了卷毛鹄的电话。

现在想来，那个时候我需要的只是倾诉，有人倾听和被人肯定。卷毛鹄接了那个最重要的电话，她说的很多话，我现在还能复述。在那个关键的时刻，有人倾听，有人理解，刹那间，我就豁然开朗了。

其实每个人都走得很挣扎，没有人比其他人走得更容易。我们无须勉强自己追随别人留下的脚印，也无须为偏离主道，踏上小径而感到惶恐。世上没有一条路是绝对的主道，大家都会在某一个时刻因着命运的契机走上不同的分岔路，拥有不同的人生。

我几乎就在放下电话的一瞬间接受了命运的改变。既然我已经和别人不同，那就让我不同吧。在这不同的人生轨迹上，努力做好我自己。

那一夜之后的日子，当然仍存在着种种问题、焦虑和恐惧，到今天，我仍然在学着和一波未平一波又起的命运和睦相处。但至少我学会了依顺自己的内心，在人生的小径上不紧不慢地走着。有时歇息时看着旁边道路上迤逦的风景，心里也会升起小小的羡慕，但没多久，又能整理行装，再度启程。

现在，每个来看我的朋友都说我乐观坚强，但其实更准确的说法是，我大致能接受自己所要走的道路了。从那些抑郁的日子里修炼来的对命运的适应能力，这才是我的宝藏。

最后还是要许愿的。

愿我能坦然接受命运，也愿命运在未来的日子里待我不薄。

2018年8月25日

和年轻的乳腺癌患者说两句掏心窝子的话

我得乳腺癌的时候才刚满21岁。得的时候没啥感觉，回归生活后竟然感到有那么一点点羞耻。

我毕竟是一个正值大好青春年华的姑娘，忽然在代表着女性的美和特征的生理方面有了缺陷，心里自然是感觉有点羞耻的。在那时，我还被社会的男权思想禁锢着。

再造技术很高超、很真实，但再造并不等同于整容，还是会留下浅浅的瘢痕和一定的变形。有时候洗澡看到镜子里的自己，我还是会有种隐隐的悲伤。

我是个爱美的女孩，身材上的改变就像一条小小的毒蛇，盘踞在我的心里。我有段时间挺怕和男生接触，因为我觉得我不再是一个完整的女生，不再值得被爱。

当然，假体带来的一些问题，例如胸口憋闷，压迫心脏和肋骨，皮肤干燥等也会时常提醒我身体上的改变。

我曾经和大雁姐姐聊到过这个话题，她生性自信开朗，对此毫无心理负担。我自然也从她那汲取了很多鼓励和安慰。爱你的人的确会接纳你的一切，你需要做的只是接纳自己，做好自己而已。

你要问我现在完全克服了这种小小的自卑和羞耻了吗？我只能惭愧地说还没有。但我已经能把这种缺陷看成脸上的黑头、眼角的皱纹、脖子上的颈纹、肚子上的赘肉。每个女孩都对自己的外表有着无尽的抱怨和不满，我也和普通的女孩一样，对自己外表的不足感到烦闷，内心依然向往着美和爱。

感悟写给和我有一样经历的女孩，以共勉。

爱自己，永远是最重要的事。

2018年10月29日

几种病人

我们去看病人，说的话里不外乎几个关键词：乐观、坚强、心态、加油。有时候说这些，连自己都不信；有时候呢，是场面上的客套话；当然大多数时候，还是发自内心的鼓励。

来探病的人所怀揣的心情都有好几种，就更不要说病人本身领会到的意思了，况且这世界上“合格”的病人并不多。

要是正巧这病人是个顶悲观的人，你口中的“乐观、坚强”可能会分分钟逼出他的泪水。

这样的病人我可见多了。有一次我坐在病历复印室外等我妈复印病历，旁边坐下来一个大姐，40岁左右的样子，和我一样戴着头巾，应该正处在化疗的过程中。大姐看我年轻，问了一句：“你今年多少岁？”我们就这么聊了起来。她告诉我她患了乳腺癌，什么型，多少期，哪儿转移了。我听出了她语气中浓浓的悲观，想着要好好给她打个鸡血，于是就说了一大通诸如“科学是不断进步的”“治病心态是最关键的”“只要乐观积极，没有什么不能克服的”这种探病惯用“金句”。

谁知不说还好，一说，哐当，她眼泪就掉下来了。我这一慌，语塞了，不知道说啥，傻愣在那儿。这时她家人从复印室里出来喊她，她便匆匆抹了眼泪站起来走了。我坐在那待了好一会儿，反思是不是不应该这么安慰病人。

其实我的确可以不用“金句”安慰病人，因为我本身就是个病人啊，而且我本身也算是乐观的吧，用自己的亲身经历安慰别人应该是更有效的呀！但面对这种悲观的病人，我对这种方式更是有所顾虑，特别是刚刚患病的病人，他们所在意的不是你面对疾病的态度，而是你传递出的冷冰冰的关于疾病和治疗的信息。换句话说，他们在意的是结果，是“我到底能不能被治好？我患病以后会遭遇什么样的治疗和副作用？”，而不是“我应该以什么态度经历治疗的过程？”。

面对这样一双双满含泪水和希望的眼睛，我怎么能忍心告诉他们我以往一癌一“白”的患病经历呢？！我可不是个被一秒治愈的优秀案例啊……

你可能觉得悲观的病人已经很难应付了，那你是没见过回避型的病人，这可是悲观型病人的升级版。

一句话，就是否认，闭口不谈生病的事。你去看他，他有可能冷若冰霜、沉默不语，有可能笑意盈盈、聊这聊那，反正就是不谈病情。你也只能陪他装傻，忘掉你来的目的，没话找话，尴尬地绕着圈子找话题，最后临走的时候说一句"保重身体"就算是完成这次难熬的探病之旅，连"乐观、坚强"都没有机会说出口。

之前听朋友说起过她的一个病友，刚患病时想到自己还小的女儿便天天落泪，发脾气，心态很悲观，后来竟然发展到回避自己患病的事实，谁要谈起病情，她就大发脾气，连她家人都不敢提。去年不幸复发了，她心情更加阴郁，除了需要去医院的日子，平时基本闭门不出，复查也是能拖就拖，惹得家人万分担心，但也只能在背后默默掉泪。

这种类型的病人，你的着急、安慰已经不是他们所急需的了，专业的心理干预、辅导或精神科医师才能有效地拯救他们，把他们拉出抑郁的魔爪。

要说到大家最喜欢的病人，应该就是能笑对疾病，乐观开朗那一型的吧：去探病的时候能对病情知无不言，最好还能开开玩笑；对治疗方案充满信心，毫不怀疑；对未来还有着美好的展望，对生活仍然保持着高涨的热情。

这样的病人极其"合格"，对自己负责，也对他人负责，完全不会给家人朋友带来心理负担，也不用担心和他们交谈会有什么雷区。他们看上去轻松自在，超然洒脱，不由得叫人佩服，心生敬意。

我有幸遇到了不少这样的病人，特别是小年轻。

最近加入了一个小年轻病友群，我是里边最老的……这个群的“画风”和其他苦大仇深的“血液群”“移植群”截然不同，就连现在在“仓”里躺着没胃口吃饭，或者刚出“仓”虚得站都站不起来的病友都是一副乐呵呵、开心爽朗的样子。群里总是聊吃的“放毒”，说起病情也是一副吊儿郎当的样儿，玩笑连篇。我的确有种找到组织的感觉。

我们这样的病人，不仅会欣然接受所有的“乐观、坚强……”，甚至还会把那些“金句”作为对自己的要求，可谓顶顶“合格”了吧！

可我没敢告诉群里小伙伴的是，有时候我对自己的这份“合格”心虚得很。

在偶尔无眠的夜晚和看到不乐观的报告单的瞬间，悲观的病人一下子就会住进我的胸腔，拉着我的心一直往下坠，我则会强迫症似的搜集别人故事里的光，暂时拯救自己于黑暗中。

而有时当复查临近，我又会焦躁紧张，心生抵触，恨不得选择性遗忘掉生病的事实，连走向医院的脚步都显得格外颓然，这和回避型的病人并无二致。

嘿，我这个小样儿，还有几副面孔呢！

这样想来，做个合格的病人真不容易。

可最不容易的，还是你们这些说着搜肠刮肚才想出来的“金句”，还要小心翼翼照顾“不合格”病人的心理状态的探病者呀！

2018年9月22日

今天，让我们来聊聊死亡焦虑

最近李咏的患癌离世，金庸的驾鹤西去，又一次把死亡拉到了大众的面前。

网络上一片惋惜和缅怀，不少人也感慨起生命的脆弱与无常。

这是一件好事，就是因为有死亡的威胁，我们才能更珍惜活着的时光。但其实，大多数人在沉痛地哀悼时，内心还是会升起对自己和家人终有一天会面临死亡的恐惧。

中国人尤其害怕这种恐惧，向来对死亡讳莫如深。死去被看作不吉利的事情，是一切人间幸福享乐的终结。死亡只会带来无边的痛苦、折磨和绝望。

这很正常，死去意味着再也没有自我意识。想象一下这个世界上再也没有你，你再也感知不到这个世界，那是一种多么可怕的感受。所以，死亡焦虑是人类普遍存在的一种心理状态，而且它可能正在以你毫无察觉的方式影响着你的生活。

什么是死亡焦虑

欧文·亚隆(Irvin D. Yalom)是存在主义心理治疗的集大成者。而存在主义心理治疗关注的就是“人”这个存在和人在必须面临的终极关怀之间的挣扎、调和。

这4个终极关怀分别是：死亡、自由、孤独、无意义。

欧文尤其关注死亡，还特别出了一本著作《直视骄阳：征服死亡恐惧》（张亚译，中国轻工业出版社2015年版，以下简称《直视骄阳》）来阐述如何正确理性地对待死亡焦虑。

不要以为只有想到死亡的时候我们才有焦虑，其实在生活中的每时每刻，我们都在经历死亡焦虑。

当一次精彩的集体活动，或者一次难忘的旅程结束后，你就会感到沮丧、失落；当结束一份无论是给你带来成长还是烦恼的工作时，你心里都会产生不舍和眷念；当看到别人的生活精彩纷呈，自己的生活陷入困顿时，你就会感到烦闷不安；在周末感到孤独寂寞时，你就会迫不及待地想要找朋友去狂欢豪饮；当半夜醒来，你会突然感到迷茫失措，或者没来由的焦虑和绝望；当你的恋人背叛你，离开你，你就会感到撕心裂肺的疼痛。

这些都是死亡焦虑。

死亡代表的是破败、消失、被遗忘，而人们本能地害怕这些时刻的来临。

所以，不要担心，每个人都在和自己的死亡焦虑做着一辈子的斗争。

为了避免死亡焦虑，人们做了很多努力。学习、成家、立业，都是为了摆脱被世界遗忘的死亡焦虑。虽然到了最后，总会发现这些方法的徒劳。世俗生活中拥有的越多，害怕失去的死亡焦虑就会越严重。

于是，欧文说道，人们就会去寻找“终极拯救者”。有人求助于宗教，有人发现自己的信仰，有人彻底抛弃世俗的生活，而有人则学会了真正面对死亡。

死亡焦虑的积极意义

没有死亡焦虑，人类就不会进步。

想象一下如果世界上没有时间的概念，你还会有动力去把握好每一天吗？反正我们会永远活着，生活永远都在继续，你有无限可能去过每一种不同的生活，而你迟早都会对这些不再感到新奇。你会遇到世界上所有的人，最后会发现他们都同样无趣。

这是一种多么可怕的生活状态。

就是因为一切稍纵即逝，人类才会有奋力抓握的激情，才会为得到感到欣喜和感恩，社会、经济、科学才会不断进步，人类才能成为地球的主人。

回到死亡本身

有人说，说了这么多，我们最后，最怕的还是死亡本身。

欧文在《直视骄阳》中说过："死亡却是孤独的，可以说是人生中最孤独的事，它不仅使你和其他人分离，而且使你赤裸裸地面对第二种更可怕的孤独——与整个世界的分离。"

这种压迫性的绝望吓退了大部分人去直面死亡。它让人一想起就心慌气短，难以承受。

但死亡是必然的，每个人都必须去面对。

正常人可能可以用解决世俗的死亡焦虑的方法来暂时缓解这种终极死亡焦虑，但已经患病或者身患绝症之人，却被迫过早地面临这个心灵困境。

很多病人和家人的焦躁不安、烦闷失望，都来自过于突然的死亡焦虑。

而向死而生，是每一个病人和其家人必修的功课。

我患病6年，直到今天，我才能坦然地谈论和接受死亡。头一回生病的时候回避，第二回生病时开始思考和讨论，第三回才能坦然接受。

记得我第一次在新加坡和我妈谈到这个话题时，我妈的那种抗拒和眼泪让我心疼不已，但过后彼此的信任和沟通却加深了很多。这一次的一天夜里，我和我妈又一次谈论死亡，我欣慰地发现，她也渐渐摆脱了死亡焦虑的奴役，能更为坦然地面对将来可能的一切命运。

欧文在书中有这么一段话：

> 如果你快要死了，或是对死亡感到惶恐不安，而你的家人和朋友却和你保持距离，不愿意直接和你交流这些，我建议你关注此时此刻，直击要害地与他们沟通，比如，你可以这样说："当我讲到自己的恐惧时，我发现你不愿意直说。如果能和好朋友开诚布公地谈论这些，会对我有帮助……"

寻求家人和朋友的支持并沟通死亡焦虑，有利于病人自己的心理健康，同时也有利于增进家人间彼此支持和鼓励。

普通人如何克服死亡焦虑

说到克服，谈何容易，但我们可以做一些事情来缓解自己的死亡焦虑。

很简单，就是努力过上自己想要的生活。

> 如果我们过着一种充满悔恨的生活，其中尽是我们还未做过的事情，而且我们在这一生中并没有完成自己的使命，那当死亡来临的时候，它的面目会更加可憎。我想这一点，对所有人来说都是一样的。

所以，每个人都要思考的问题就是：

> 在我死之前，我想要______。

了解并填上这个空缺后，你的整个人生都会不一样。

在心理咨询室里，咨询师常用的方法还有让来访者想象自己的死亡，增强死亡察觉。用直观的直线来展现生命的长度，画上代表现在自己年龄的竖线，思考竖线前和竖线后的生活，并让病人想象自己的葬礼、墓志铭等等。

站在第三者的角度来观察自己的死亡，总会让人产生巨大的心理震动，从而引导人们探索自己的内心。

此外，欧文在书中还指出，他自己生病的前段时间，心里也十分烦忧。因为有太多以前可以做的事情现在都做不到了。他感受到了衰老和死亡带来的痛苦。

但他也找到了面对这一切的方法，那就是爱。他的妻子无条件的陪伴和支持，给了他莫大的安慰和鼓励。

欧文说道："生命的联结，或者称之为爱，使我们有能力面对死亡。不论是通过分担恐惧的方式，还是通过增加生活幸福感的方式，爱都可以帮助我们面对死亡。"

没有人是一座孤岛，人与人之间的爱和联结可以打破所有身体和物质的局限，帮助我们找到内心的安宁。

其实，死亡并不可怕，它只是肉体这种形态的消亡，改变，然后又重新融入了这个宇宙中间，以每个人认定的不同方式存在或不存在着。

我们直面死亡，是为了思考如何更好地活着。与其焦虑，不如问问自己，现在该做点什么充实自己的人生，让墓志铭上写满的是富足与爱。

愿每一个人，都能坦然面对自己的死亡，并精彩地实现自己的一生。

2018年11月1日

2018年10月8日，写在我的重生日

按道理说，我的生命中不仅仅经历过这一个重生日。但像这么一点点看着生命以完全具象的形式，带着肉眼可见的深红色活力，侵略性地肆无忌惮地涌入我的身体，绝对是第一次。这是一次字面意义上的“满血复活”，颇有几分仪式感。

今天中午，护士拿着刚从老爸骨髓里取出的，新鲜的745毫升的血袋出现在病房里，让我比对过基本信息后，接管回输。

我仔细看着那一条流经透明软管的血线。新鲜的血液是深红色的，不是那种晴天里随风飞扬的红裙，也不是舞会上那一弯似笑非笑的诱惑。它就是它本身，它是红色的、流动的，严肃的红色。

它本身并没有意义。它只是像河水一般在既定的规则下奔流，恪守着它的职责。不经意间，成了人类文明与生命绵绵不绝的象征。

在李银河眼中，生命从宏观角度看是不可能有意义的，但是从微观角度看，可以自赋意义。此刻，眼前这一条从我父亲体内抽取的，运载着无数健康造血干细胞的血流，在我作为一个微观角度的人的视角中，就被赋予了重生的意义。

重生，宛如婴孩落地，宛如小鸡破壳。是欣喜，亦是征程；

是诞生，亦是新一轮的死亡。

生命的齿轮就是这样在生存灭度的吱呀声中滚动着西西弗斯的石头。

昨晚，我重生的前一晚，我诧异于自己心中的无喜无悲，我的心像是夜色下沉静的水面。我晚上其实睡得很不安稳，几次几乎入睡，又神经质般惊醒。又有几次像是分不清躺卧在梦境还是现实，一直在某个临界点纠缠往复。

后来从无眠中冒出的很多画面，都跟重生过后的人生相关。

看来我是在意这一次重生的，尤其在意重生之后，庄严地拿到这一轮新的生命，我将如何面对。

换句话说，我要成为一个怎样的筱慢，才能不辜负这一抹被我自赋上重生意义的红色。

体验。

这是出现在我脑海中的第一个概念。

强烈的触摸世界的渴望。

这是出现的第二个概念。

生命的不断扩张与充盈。

这是第三个。

我想要的，就是这样的一种状态——像气体一样，释放自己，扩充自己，与世界交融，从而获得广袤无际而又微妙的体验。

我想要的，终究是这个。

说不上是什么人生的意义，仅仅是一个大而化无的指导。但也是我认为的，在新生命里我的追求。

我终究是个不入世的理想主义的孩子。

一首小诗写在昨晚，望有片刻实现：

想
想要每一个月，去一座城市

预订一间可以做饭的房间
带上几件舒适的衣服
没有预期
没有行程

每天要慢悠悠地化上一个淡妆
每天还要慢悠悠地为自己做一顿饭

临时起意地会友
清晨初醒时的放空

醉这座城市里的夜
饮这座城市里的光

去遇见所有擦肩而过的旅人
去抓住宇宙之间微妙的　温存
再回来
沉溺在情感里
砸碎在文字间

我是0岁新生，我叫筱　慢。请多多指教！

2018年10月8日

我是一个和美无缘的孩子

我不是一个漂亮的女孩，从以前到现在。

女人的美，在很多作家笔下都有不同的呈现。杜拉斯(Marguerite Duras)写道："……我也可能自欺自误，以为我就像那些美妇人……因为，的确，别人总是盯着我看。……我想怎么表现就怎么表现，你愿意我美，那就美吧。"(《情人》，王道乾译，上海译文出版社2014年版)美是那么信手拈来，不自知，举手投足间惊动半边云月，却又是淡然的，仿佛毫不知情似的。

这样的女人，究竟是如何生活的呢？

我和美丽没有缘分。这一点，我一出生就清楚明了。

父亲是传统的中国教师，在其他方面明理大度，但对女生外表的美有着近乎刻板的认知。在阻绝女性美的这条道路上，他杀伐果决，绝不手软。

"男式女发"这个词在我的记忆中，一直伴随着理发师咔咔作响的剪刀，父亲在一旁的审视，一缕缕黑发从耳边断裂滑落的声音，还有镜子里那个面无表情、哀伤自卑的自己。

这些汇集起来，凝结成了我多年对理发店的恐惧。

我的青春是在羡慕别人中度过的。我喜欢看同班女同学的黑长直发。那一抹乌黑的美丽像瀑布一样从前额垂散至肩头或腰间，时而被束起，时而像光一般倾泻开来。我常常会去摸摸好友的那一道瀑布，柔柔滑滑的，水一般，凉凉的，想象它们流在我头皮上的感觉。

但就连触碰我也是要马上缩回手的。想象也是犯禁忌的，因为我的脸蛋并没有能力去承担那一份自然的乌黑的美。

美丽的女人是怎样的？福楼拜说："眼帘仿佛裁剪得恰到好处，顾眄流盼的目光更显得妩媚传情，让瞳仁隐没在了其中，呼吸稍重时，只见纤巧的鼻翼翕动着，丰腴的唇角微微翘起，在光亮下可以看见上方有些许淡黑的寒毛……就连长裙的褶裥和弓起的脚背，都自有一种令人动心的风韵。"（《包法利夫人》，周克希译，译林出版社2015年版）

而我，高颧骨，方下颌，大脸盘，小眼睛，宽鼻座，薄嘴唇，一口小而稀疏的牙齿。

看着镜子里原本的自己，和女性美隔着千山万水。

我真是一个和美无缘的孩子。

我的青春很无奈。我对我父母对于美的迟钝很无奈。我对我自己对于美的敏感很无奈。我对于自己不美很无奈。

17岁,我开始了一个人的生活。第一件事,就是留了黑长直发。

事实证明,父亲是对的。我的确不适合长发。烫卷染色也是一样糟糕。两年后我就剪掉了。

但那是一定要留的,像是一个使命,同时也是一个终结点,一个梦的终结点,一个无奈的终结点。有了终结,才能有新生。

自此之后,我一直是短发。我开始发现,那一道瀑布,只能永远流淌在别人的生命里,而我,要去寻找我自己的清泉。

18岁的标新立异是一场战争,对手是过往的自卑。我像一名骑士,把各种稀奇古怪的想法当作武器,刺向那名缩在角落的懦弱孩子。花招不断,个性张扬。

我变得自信,自认为特别。美,这时候就像一个小丑,戴着面具,伪装成我的助手,帮我持剑。我自认为有美相伴,一路驰骋,恣意飞扬。

但我所拥有的小丑终究是要退场的。我厌倦了,厌倦了这种驰骋马上、杀戮疆场的日子。回到生活,我最终把这个小丑遗弃了。

但,从那以后,我慢慢开始发觉,美在慢慢地像水滴般地流进我的生命。

它开始以它真实的面貌出现在我面前,温和地陪伴在我身边,我可以凝视着它的眼睛,它也报我以微笑。我没有欲望再去紧紧抓住它，而是轻轻依偎着。它时而会离开，但不久又会回来，我生活的大门永远为它开着一条门缝。

我也曾经和其他女孩一样，升起过整容的念头。想去改个脸形，去开个眼角，把牙齿补一补，反正我满脸的缺陷。

但当美回到我的房间，我又打消了这些念头。

它总是一遍遍地告诉我，真正的它是接纳和爱。

它爱我的大方脸，爱我的宽牙缝，爱我的小眼睛。为什么我自己不爱呢?

客观的美是可以修饰得来的。真正的美永远只在内心里散发光芒。

我依然爱美，爱化妆，爱护肤，爱买衣服和饰品，爱研究各种穿搭。开始有人夸我好看，但那都是装扮的效果。我高兴，也淡然。

别人眼里的美是被我偶尔捡回来的小丑；真正的美，陪我坐在我的心里。

缘分百转千回。兜兜转转，终究与美相逢，我心幸然。

2018 年 11 月 7 日

你心里住着谁？

1

我认识小柯基已经10年了，从17岁“杀马特”的年纪就认识了瘦瘦小小的她。

说实在话，我一直打心眼里佩服自己能和大学时期的小柯基做朋友。那时候的她自卑、封闭，就像一只刺猬住在笼子里，而笼子被紧锁在一间密不透光的屋子里。谁要尝试开门，她就拼命躲，还扎人家。她活生生给自己打造了一个孤家寡人的形象。

毕业之后她好像突然被打通了任督二脉，开始“开挂升级”。从原来的生命科学专业毕业之后，她重新拿起自己小提琴十级的隐藏技能，去当了小提琴老师。当着当着不过瘾，又苦练翻译顺便转了行。翻译觉得做得有点爽，干脆去澳洲读了这方面的研究生，回国直接当了口译。在这几年里，她也改变了很多，在和陌生人说话时眼神不再闪躲，交谈时不再紧张尴尬，笑得傻乎乎的时候越来越多，对各种不同性格和价值观的人也越来越包容。

一说起她，我们就十分佩服。能有她这样高超的语言和艺术天赋就够让人羡慕了，更不用说她认定一个目标后，表现出的那种高度集中的注意力和坚持到底的韧劲，真没有几个人能比得上她。

但直到现在,她还是来来去去跟我说那几句话——

“哇,那个谁谁谁好厉害啊!”

“你看你看,她真的太美了!”

“好羡慕那个谁谁谁可以……”

“要是我也可以像那个谁谁谁那样就好了!”

我常常提醒她:“你不觉得你自己也很牛吗?你转行转成那样也是很厉害啊!”

她回我:“哪有啊!我能做到的,别人也能做到啊。但是我做不到别人能做到的。”

过了这么多年,无论变得怎样优秀,她心里仍住着当年那个自卑的女孩。

2

在某一期《拜托了,冰箱》里,何炅说起魏大勋曾经重达200斤。魏大勋听了笑着说,他直到现在还是只有在照镜子的时候,才知道自己已经瘦了。

这句话戳得我心疼。

那个会让人侧目和嘲笑的小胖子,还无赖地住在他心里。

在心理学上,有一个“原生自卑”的概念,指的是人在儿童时期,因为外界环境的影响,体会到不被满足而产生的自卑。这种自卑情绪是在反复出现打击、失败或不被认可的情况下产生的,根深蒂固,很难去除。

我也是个有着强烈“原生自卑”的人。童年时受到的嘲笑和青春期胖乎乎的外表都让不自信刻进了我的骨子里。即使到了大学时期，心里那个自卑的胖女孩还时不时地会在各种场合发难，让我无所适从——

例如常在社交场合不自觉地讨好他人，活跃气氛，给大家留下一个开朗健谈的印象，但却在下一次的社交活动前感到焦虑无助，每每想要推辞和回避。

例如遇到一个千载难逢的机会，明明很想抓住，却总是找借口推掉，就怕自己做不好让人失望。

例如很好地完成了一项任务或在某一方面表现出众，受到他人的表扬或赞美时，会感到忐忑不安，认为自己只是幸运，并配不上这样的赞美。

例如在面对喜欢自己的男生时，会感到无法控制的抗拒和厌恶，缺乏被爱的能力，或认为自己不值得被爱。

…………

我相信这个世界上有好多好多和我一样，挣扎在这些说不清道不明的，自己都搞不懂的别扭情绪中的朋友。有时候这些情绪一上来，自己都会觉得自己矫情、无聊，自己都会想把心里那个别扭的小人儿揪出来，扇他两巴掌。

我就老埋怨自己，干吗不知不觉地就把人生过成了“困难模式”。

3

也许就因为,虽然我和小柯基表面上性格迥异,但我俩心里的小人儿闻到了同类的气息,所以我在大学时期才和曾经孤僻的她成了好朋友。

“幸运”的是,大三时突然降临的癌症把我一下子从没完没了的自卑情绪中拔了出来。而她,现在还在与自己心里的小人儿进行着艰苦的拉锯战。

我虽然走了“捷径”,但从这个“捷径”中我倒也总结出一些经验。

打赢心里的小人儿最有效的办法,就是拥抱他。

这个小人儿,就像我们身体里的细胞、组织、器官一样,是使我们存在于世的实实在在的一部分。他虽然顽劣,让人心烦,但没有了他,我们又是谁呢?

曾经我多么想摆脱那段胖乎乎的历史,多么想忘记那个在泳池边摔倒后,被隔壁班男生大声嘲笑“死肥婆”的片段,多么想把所有小时候的照片、同学录都放进书柜看不见的角落,让它布满灰尘,再烂掉。

曾经我和心里的小人儿打得不可开交,鼻青脸肿,狼狈不堪。

直到有一天,突然被迫面临死亡的威胁,我开始审视自己,我真的要把无价的生命都用在和过去的无谓斗争中吗?我真正需要面对的,是现在的时刻,还是已经过去的历史?

有很多和我一样与自卑纠缠的朋友,会走入一个死胡同,即把眼前生活中的挑战和不满意,通通归咎于成长过程中留下的性格缺陷,一头扎进对自己坎坷的成长经历的感伤和怨恨中，无法自拔。就像我曾经有好长一段时间，总深深埋怨父母在我青春期时对我外表的疏忽和他们对于女孩子形象管理的错误教育方法。我一遍又一遍非常执着地和父母讨论着他们的教育方式有何不妥，一遍又一遍跟他们解释，这样的教育方式对我的性格造成了怎样的不良影响，给我现在的生活和人生带来了怎样的挑战。

那时我就是一根筋，我就是要让父母知道，我现在生活中的问题，都是你们造成的！

这种偏执的情绪强烈到我自己都感到诧异。每当父母对我的观点有一丝一毫的反驳，我都会产生巨大的情绪波动，用大声吼叫和哭泣来重申自己的观点：你们的教育有问题！

但到了今天，回过头去看，这样的偏执不仅是一种否定自我的态度，而且是一种推卸责任的行为，是一种尝试把成年以后遇到的挫折全部归咎于他人的不负责任的做法。欧文·亚隆曾经在《存在主义心理治疗》一书里说过，解决心理困境的第一步，就是要让人意识到，现在的一切都是自己造成的，自己负有全部的责任，因此，自己有完全的能力改变困境。

其实，负责任这个说法还稍显冰冷。对自己负责任，说到底，就是了解自己，接受自己，尊重自己，改变自己。

没有接受和尊重作为前提，改变只会加深自我怀疑。

也就是说，只有紧紧拥抱心里的小人儿，与它同进同退，生活才有可能向着你希望的方向前进。

当然，这样从否定到接受的过程，并不容易，可以说十分艰难。但这是我们每一个自卑的孩子的必经之路，这是上天给我们最好的路，指引着我们成为更加智慧、更加强大的人。

我知道我的好朋友小柯基现在还在这条路上挣扎着前行，而我相信她终有一天会取得胜利。到了那一天，她会明白，所有过去发生在她身上的事情，都会成为她身体里的秘密武器，让她变得强大，强大到足以面对眼前所有的风浪，铺展开一个崭新的未来。

到了那一天，她也终于能看到我眼中的她，发着光，那样优秀，这是她本来的模样。

2018年7月8日

当我们回答"你来自哪里"时，我们在回答什么？

“Where are you from?(你来自哪里?)”

第一次见面的寒暄中，美国的本地朋友很自然地问出这个问题。我犹豫了一阵，还是把答案定为“Singapore(新加坡)”。

“Oh, that's a nice place! I've been Singapore twice. I love the Chili Crab and the Chicken Rice. But the weather, damn, it's terribly hot! How can you survive such extreme heat?(哦，那个地方真的太棒了！我曾经到过新加坡两次。我爱死香辣蟹和海南鸡饭了。但是，新加坡的天气，天啊，真的太热了！你是怎么在那么热的天气里生存下来的?)”

美国人多数都是很热情的，通常有点亢奋……我当然不能扫他的兴。陪聊的过程中，我们把新加坡好吃好玩的，还有各种文化特点说了一大通，我最终还是没找到合适的机会跟他说，呃，兄弟，其实我是个中国人。

这不是我第一次遇到这种尴尬的情形，事实上，在这10年中，这样的混乱我本应该司空见惯了，但吊诡的是，无论这种情况遇上多少次，无论我表面上表现得多么自然，心里都稍稍有些别扭。

我出生在湖南，流着湖南人的血。3岁到广东，所有朋友和同学都自动把我归为外地人、湖南人，而我也自然而然地认为自己就是个正宗的湖南人。等过了17年在广东的湖南人的安稳日子，飞到新加坡，和近200名一起从中国各地来的同学开启了全新的异国求学生活后，我陷入一个窘境：完蛋，我到底该怎么回答新朋友最普通的问题——“你是哪里人”。

初到新加坡，这200多号懵懂小孩远离家乡，都有个适应期。很自然，老乡聚在一起最能取暖，所以以省或市作为单位组成的小团体，就成了异国求学初始最稳定的活动单位。

毫无疑问，我在别的地区的同学眼里，铁定是归为广东人的，而且我也没有理由不把“广东人”当作“你是哪里人”的答案，毕竟我在广东长大，和广东的同学们一起来到新加坡。但我每次说出这个答案，心里都无比别扭——我已经当了这么多年的湖南人，这一夜之间，让我如何能接受我的新身份！

更让人挫败的是，我逐渐发现我自认为的湖南人身份，其实根本是一厢情愿，或者说是一种来自地缘的海市蜃楼。土生土长的湖南同学们和我有着太多不一样的地方，生活经历、兴趣爱好、共同话题、文化背景，都是那么不同。我不得不承认，从客观事实上来说，我的确更接近广东人。

所以当其他同学充满激情和骄傲地跟别人介绍着自己的家乡时，我只感到心虚。

这个问题几乎成了我的心病。我不知道当我回答“你是哪里人”时，应该忠于自己对自己的主观定位，还是应该遵照显而易见的客观事实？

最后我找到了一个折中的答案，“来自广东的湖南人”。

只是每一次都得再加上一大堆的解释。

不过，这种对于地域身份的纠结，在一种情形下会自动消失，取代为毫不犹豫的“I am Chinese（我是中国人）”。

当然，这个遇到新加坡本地朋友时的回答，也会扯出很多诸如融入或不融入，歧视或不歧视的问题，但至少，我的地域身份是稳固的、坚定的、不容置疑的。这让我感到安心，感到一种归属感。啊，无论我是广东人还是湖南人，反正我都是中国人。

我一直对我的祖国有着很特殊的感情。这种感情不同于现在人们普遍的狂热爱国情感或民族情怀，而是一种很个人的感恩。

可我没想到的是，等我和其他的新加坡朋友代表新加坡来到美国，这样的身份混乱竟然还要经历一次。

于是纠结再三，我把答案修正成了“I am Chinese，but I've been living in Singapore for years（我是中国人，但我已经在新加坡生活很多年了）”。只是胸前那个印着“新加坡”的名牌总是会造成无数尴尬的场面。

让人安心的是，时间长了，我又找到了我所归属的团体。我们和来自菲律宾、马来西亚、越南等地的朋友形成了一个Asian Gang（亚洲帮），我们共同拥有一个名字——亚洲人。

人类总要寻找一个确定的地域身份，就是为了规避不确定的身份认知带来的困惑、焦虑和不安全感。这种对于地域身份的执着，说大一点，是对于区分“我们”和“他们”的执着。作为从小长在广东的外地人，我归属的是“他们”的团体；但当我回到湖南，我同样归属于“他们”的团体。而这也是未来社会中，越来越多年轻人生活的常态。

我们常说，落叶归根。但城市化、现代化和全球化，正在把我们和我们的后代变为“无根的一代”，我们最后落在哪儿，似乎都不对，也似乎都对。飘，才是未来年轻人最常见的生活模式。

失去地域特征，伤春悲秋的文化人会认为这是一种文化消亡的悲哀，而人类学家、社会学家也许会把这看作人类社会的进步。拿我自己来说，因为当了一辈子的外地人，我就再也不愿意把任何一个人界定为“他们”。这样的共情，是消除歧视和无端评判的第一步。

如果若干年后，所有人都变成了“他们”，那当然，所有人也就都成了“我们”。

这样的世界，消除了人类对于自身来源的执着，消除了地域歧视和地域身份带来的焦虑，同时也掐灭了对各异的地域文化的自豪，无数我们现在视为文化瑰宝的东西都将消失。世界大同，个性式微。对于平等和文明的追求，或将牺牲无数人性的情感和原始的美。

那么，你会愿意生在那样一个世界吗？

2018 年 11 月 29 日

邱晨的"丧"，马东的"悲凉"，李诞的"不值得"才是生活的真相

1

昨天刚后知后觉地补完上周的《奇葩说》。那一期打了一个很有意思的命题：如果你能看到别人的死亡日期，你要不要告诉他？

我个人是主张不告诉的，但正方邱晨分享的真实经历和她说的每一句话，都像说在我的心尖尖上。

邱晨是《奇葩说》第二季的BBKing（最佳辩手），逻辑、口才、格局都无可挑剔。我一直都非常欣赏她的理性、严谨和深刻。

在那一期节目里，她坦诚自己在当年3月查出甲状腺癌，伴随淋巴结转移。这种癌症倒是不严重，手术做完后化疗都不用做，但是要服药控制，并定期复查，警惕复发的可能。

就像她说的"这是最轻的一种癌症"，但是仍然极大地改变了她的生活状态和看待世界的方式。

一路看着邱晨打辩论的观众应该知道，邱晨的"丧"一直都是节目里的一个"梗"，也是她的一个标签。她也曾经大大方方地承认过："丧，就是我本人啊！"我在她的一个采访里看到过她的"金句"，差点"喷饭"："大家都说，人没有梦想，跟咸鱼有什么区别。其实人有梦想,有些时候跟咸鱼也没有区别。”

这么“丧”的一人,在面对突如其来的癌症时,表现出的是什么呢?

是在拿到确诊书后的一个小时内商量好了做手术的相关细节,交接好了自己的工作,查清楚了手术的注意事项,甚至都没有忘记打电话跟健身教练请假。连公司内部的读书分享比赛她都连夜准备完,还去拿了个第一名。然后,安心去做一个全职病人。再然后,现在,继续在《奇葩说》带领团队打辩论。

这个“丧气熏天”的女孩,在现场告诉大家,她患了癌症后才认识到“死亡才是对生命最精准的教育”,“我们只有看到它,面对它,甚至愿意谈论它的时候,我们才有可能去对抗它”。她还告诉大家,实际上每个人“看上去活得好端端的,活得像个没事人一样”,但其实都背负着巨大的痛苦和压力,我们每一个人实际上都在扛着,都活得很不容易。

你说她“丧”吗? 从她认识世界时略带冷酷和过于理性的角度来看,是的。

但正是基于这些冷静的审视和理性的思索,她才能表现出看穿生活、接受生命后的大无畏的“高级丧”,才能更为正面和积极地对待自己与他人的困境,才能在面对世间的苦难时生出关怀和慈悲。

刚刚提到她在采访中说的咸鱼和梦想,大致如下文:

“不管梦想有没有实现,大家还要为生活所挣扎。有梦想很幸运,没有梦想问题不大。重要的是接受自己当下的一个状态,然后去寻找一个更好的状态。”

只看前半部分，很“丧”，完整看完，就是看懂生活的“丧”之后的乐观。

2

《奇葩说》在第一季刚开播的时候其实是有争议的，关键就在于这种把辩论和综艺结合的形式，弱化了严肃的辩论规则，同时又加强了综艺的深度。

但现在《奇葩说》做到了第五季，本季开播以来收视率一路攀升。每一期都是段子和“金句”齐飞，笑点和泪点共存，脑洞和逻辑碰撞，它可以说是最佳综艺模板的代表了。

这里少不了一个人，40岁加盟爱奇艺的《奇葩说》策划人马东。

这个在《奇葩说》现场插科打诨、损人自“黑”的段子王，最出名的却是他在接受许知远采访的时候说的——他的底色是悲凉的。

那一期采访我看了，马东并没有仔细解释他所说的“悲凉”的含义，而许知远最后似乎也没从他身上看出“悲凉的底色”。但从他面对许知远略带侵略性的访问风格时所表现出的温和、共情，我就明白，这是一个许知远这种坚持着精英分子的愤怒的文化人，所体会不到的从“悲凉的底色”中生长出的通达和悲悯。

可以说许知远代表了5%的“知识分子”，他们对95%的“乌合之众”的迟钝、愚昧、混沌感到愤怒，他们用自己的愤怒反抗着，甚至力图改变这个世界，想要这个世界变得和他们一样清醒，一样愤怒。

他们亢奋高昂，得理不饶人，自认为这是“悲凉”的唯一表达方式。只是我奇怪的是，他们了解了这么多的文化历史，读过那么多中外名著，依然没有看透生活。

在“死亡日期”的那一期《奇葩说》里，蔡康永帮助我们间接理解了马东的“悲凉”：

“为什么很多幽默、温暖，散发着乐观气息的人，底色是悲凉的，就因为我们误解了‘悲凉’这两个字啊！没有来自悲观的乐观，怎么可能是真的乐观？没有来自悲观的乐观，是无知的乐观啊。”

罗曼·罗兰（Romain Rolland）说：“世界上只有一种英雄主义，就是看清生活的真相后依然热爱生活。”

面对生活的苦难和不公，选择不接受、愤怒和对抗当然值得尊敬，但选择直面、拥抱和宽容的人，才是生活的智者。

打辩论的邱晨是，嬉笑怒骂的马东更是。

3

还有一个人，“人间不值得”的李诞。

《奇葩说》第五季请了李诞，获得了很大的成功，意料之外、情理之中。因为蔡康永、高晓松、马东，说到底，也都是对人间有着相似见解的人。加上李诞，气味相投，节目也就好看了。

李诞的这句“人间不值得”让很多网友把他当成了“丧”的典范，认为他是对生活没有追求，很消极的这么一个人。但他在参加《奇遇人生》的时候就很无奈地为自己辩护了一下，说大家都误解了这句话。在《奇葩说》里他也解释说，他的目的是告诉大家，人间不值得你跟它较劲、掐架，不要在意它，不要与它纠缠，大家都开心一点吧！

李诞看上去的确不符合我们普遍认为的积极向上的典范，他有点佛系，认为当艺人就是“中了彩票”，认为爱情“不知道是什么东西”，突然间会觉得“很没劲”，有时觉得自己“活得不正义”，还会自黑自己体力为零，“李诞最没用”，在最当红的时候就开始为自己退出娱乐圈做打算，在《奇葩说》直言“我们随时会死”。

他那么那么“丧”的一个人，却做出了《吐槽大会》，成了大家的开心果，成了所有综艺争抢的大红人。

最后，当然，他可能又会说：“那又怎样，没劲。”

李诞并没有成为罗曼·罗兰口中的英雄，但他清楚地认识到生活的真相正是无常和荒诞，并选择不投入感情地，甚至有点玩世不恭地与它相处。

“人间不值得”在李诞身上，可以用一句我们耳熟能详的话来翻译，那就是“不以物喜，不以己悲”，同时还能充满幽默感地嘲讽这个荒诞的人间。

看懂了生活的荒诞，放弃了执着，才能成为李诞。

4

写到这儿，我想起很久以前的一个朋友。他说不上有啥不好，实际上他真的很好。他对身边每一个人都无比热情，对生活中的一切都充满希望。他总是打满了鸡血，精力总是一百分。他不理解世界上为什么有人会有负面的想法，不理解为什么有人会为了他所认为的小事而烦恼不已。他甚至会为了别人偶尔的抱怨和负面情绪而生气，也会因为别人在他面前谈起社会的阴暗面而发怒。

他真的是个全身充斥着正能量的人，我在他周围也很开心，但到最后仍旧会感觉与他有一丝莫名的隔阂。

现在的人常说要远离负能量的人，这点我同意，不加反思的抱怨和狭隘盲目的批判会拖垮自己以及周围的人。但过剩的正能量，就真的比负能量来的好吗？

选择回避生活的真相，通过蒙蔽自己的双眼来获得的自得和乐观，是虚假的，是脆弱的，是不堪一击的。他们比触摸到生活的真相但还未找到应对方法的人，更值得同情。

或许我会这样认为，只是因为我也是个有着"悲凉底色"，认为"人间不值得"的"丧"人吧。

2018年12月11日

你何曾抓住过时间？

这是时间对我们的迫害，同样的距离，展望时是那么漫长，回忆时却如此短暂。[①]

——余华

时间是“反人类”的，它的成长是返老还童的过程。它先是徐徐漫步的老者，再是步子沉稳的壮年人，接着又成了健步如飞的年轻人，最后竟疯跑起来，成了肆无忌惮的孩童，一溜烟就跑得没影儿了，也不知去向何方。

孩子总是拽着时间往前走，嫌弃这位老人走得太慢，不耐烦地想要跑到时间前头去瞧瞧，好奇地张望。时不时怨恨地回头瞪老人一眼，心里盼望着，如果这个老爷爷的步子稍稍迈大一点，明天一早，我就能变成大人，主宰自己的人生。

渐渐长大，孩子发现时间成了真实的钟表，一分一秒一丝不苟地合着他的步子，生活开始在和谐的嘀嗒声和脚步声中起舞。他与时间称兄道弟，配合默契，默契得让时间的陪伴变成了习惯，习惯得如空气一般，它的存在都变得若有似无。

① 余华：《关于时间的感受》，《没有一条道路是重复的》第74页，上海文艺出版社2004年版。

终于有一天，孩子一觉醒来，发现时间打算离开。他抓住时间的衣角，却没能使它回心转意。追出门去，孩子看到它的背影已变得年轻挺拔，强壮有力，无论怎样尽力追赶，都遥不可及。奔跑中他发现自己变成了大人，却永远失去了时间的庇佑。

《霍乱时期的爱情》的主人公阿里萨觉得，一个人意识到自己开始变老，是源于他发现自己开始长得像父亲了。或者说，年老，是从我们发现自己越来越像“代沟”那边的人时开始的；也是当我们和父母亲一样，加入追赶时间的行列中，并困惑于时间的不知所终时开始的。

我妈以前常说，过了40岁，日子就唰唰地过去。现代的年轻人懂事早，还没到30岁，就等来了时间离开的时刻，年老和年龄的确没什么关联。

每年年末都有种抓不住时间的彷徨，大家忙着写下明年的计划和期待，想要为赶超时间再做奋力一搏，可来年年末，时间的背影依然遥不可及，身边依旧是那种熟悉的彷徨。

2018年本应该是我的生活走入重大转折的一年，只是这转折的方向实在让人大跌眼镜。从5月生病到现在，时间竟已经悄然流过了7个月，感觉什么都没有发生，可仔细一想，生活已面目全非。现在回头去看整件事情的起点，就像在等待一个必然到来的旅客带来某种神迹。马尔克斯(Márques)说：“回忆总是会抹去坏的，夸大好的，而也正是由于这种玄妙，我们才得以承担过去的重负。”(《霍乱时期的爱情》，杨玲译，南海出版公司2015年版)其实回忆不仅会增减，更会创造，通过时间留下的脚印，创造出命运。

时间飞奔而过，微风吹动衣裙，凝视回忆，拼凑出故事。

2018年的书写，摆脱不了命运的执笔。

一年的尾端，是在过去和未来之间按下的暂停键。只因时间已经跑入未知的将来，而过去的经验还在“现在”堆叠，等待回忆整理出一段命运。人们因这个短暂的停留而不安，只待“现在”收拾起“过去”，又将急匆匆地追随时间，跑入将来。

今年和往年不同，我少了几分心急。时间跑得太快，我也懒得追赶。或许是因为这20多年来，我发现人为追赶时间的尝试，不是徒劳无功，就是另有深意，命运的写法从不是按我想的那样收尾。一个人只有一种命运，而回忆是为了将来存在的。所以我倒愿意多停留下来回头看看时间的脚步，偶尔想想我命运的故事会行至何方。

27岁的年纪，已经算是一只脚踏入了30岁的门槛，按普通人的寿命看，人生过完了1/3。越靠近而立之年，就会有越多人急迫地问自己这人生的前1/3收获了什么，成就了什么，有没有赶上时间的步伐，还需要做些什么。或许他们能得到一个答案，满意或不满意，并以此为将来制定出相应的对策。可过去的经验只有在未来的审视之下，才能彰显其真正的意义，写出最真实的故事，未来未至，此刻此景又如何能得出确切的答案？

有人会反对，这么说岂不是一切追求拼搏都无用？反正未来参不透，命运不可知?！我并不是这个意思。没有过去的经验，哪来的回忆，命运的故事可是我们自己的回忆创造的。过去的经验是书写命运的素材，素材越多，故事就会越精彩。

过去与现在的追求与拼搏都为将来书写命运积累了素材。但若是一心只想跑赢时间，步伐仓促慌乱，路径笔直单一，最后的命运之书只怕会乏善可陈，让人读来生倦。

生命不是一场赛跑，而是一次探索。探索属于自己的那一种命运。这穷尽一生的使命，与追不上的时间无关。

在特别的2018年末自言自语，不知所云。

2018年12月31日

清明祭

3次祖辈的过世，我都缺席了。1990年，奶奶没能坚持到看我一眼，因肺病去世；2014年，我第二次上北京求医，其间外公去世；2017年11月，爷爷健康状况告急，我临时买机票飞回家，爷爷的病情出现好转，3个月后，他突然在养老院离世。

我3岁就离开老家，与长辈分离，他们在我心里是模糊的，像投射在背景画面里的影子，有轮廓有形状，但没有颜色，摸不到实质。他们更像一个个代号，能套进某个模板的代表着特定属性的代号。

外公2007年就患上了肾衰，有尿毒症，后引发心衰。留在我记忆里最生动的画面是他坐着电动轮椅走街串巷，外婆、妈妈和姨妈在后面，挽着手，慢慢一步步跟着。

妈妈常跟我说起外公当年和朋友一起办民办学校的事，果断、英明又有远见；又跟我说起外公年轻时候在北京当军官，多么英姿飒爽、气宇轩昂；还常常说到外公在家中的行事作风，说一不二、刚正不阿。我在模糊的记忆中努力探寻这样一个外公，可眼前出现的仍是穿戴整齐坐在轮椅上，瘦弱的双腿上盖着毛巾被，头发花白，转过头笑成眯眯眼的那个慈祥的老人。

我没能经历他的辉煌，只见证了他的无奈。

爷爷去世时88岁，没到他嘴里常念叨的90岁。在我家附近养老院住着的那几年，我每年回家，隔三岔五就跟着爸妈去看望他，或把他接出来吃饭。

爷爷身体一直小毛病不断，摔了一次以后腿脚也不太利索了。养老院有护士专人照顾，但爱干净的他总要自己手洗衣服，也不肯穿纸尿裤。最后脑子糊涂了，生活也完全不能自理时，还一遍遍坚持自己下床上厕所。

那年爷爷进重症监护室插上呼吸机时，我临时取消了公司旅行，回家。重症监护室每天只有半个小时允许探视，进去时头发衣服都要包得严严实实。我喊他，他能睁开眼，嘴里插着呼吸机不能说话。他眼睛看着我，又转过去看看老爸。老爸说这是瑶瑶，他点点头。我拉住他的手，那只有一层皮附着的指关节还能弯一弯。时间到了，我走到外面的透明大玻璃窗看他的床，眼泪不由自主地流。

这是爷爷去世前3个月，他与命运的最后一次抗争。

我没有亲历他们最初的诞生和最终的死亡，只亲证过死亡一步步靠近他们的脚步声。嗒嗒，嗒嗒，谁都无能为力。这些套在模式里的代号名称，在我的记忆中从一片模糊变得格外清晰，靠的不是生，而是死。

人都是在走向死亡的过程中活过来的吧。

没有遗憾吗？怎么可能没有呢！生而为人会死去，这就是最大的遗憾，不是吗？我们是带着遗憾降生的，必然会带着遗憾而去，不是吗？遗憾是未完成，那如果完成了呢？有可能完成吗？人生有可能完成吗？死亡是完成吗？那带着生的渴望死去，是完成吗？

我离去的祖辈们，他们都是渴望活着的呀！

外公在生命最后，即使面临截肢，也是渴望活下去的呀！爷爷完全失去自理能力，只能躺在床上度日，他嘴里念叨的还是没到90岁呀！

一生到尽头，最大的遗憾是对肉体生存的渴望未达成吧。

但肉体怎么可能不消亡呢？怎么可能呢？这些物质的颗粒，都会归还于物质。归还的期限到了，抓得住吗？

遗憾吗？遗憾啊。无论死后的世界如何，理性的思维如何，此刻，遗憾啊。要不哀思从哪里来，思念从哪里来，泪水从哪里来，痛苦从哪里来！

想要解脱吗？想要的。生求不得，死亡已成定数，那至少把痛苦消除吧，把面临死亡的痛苦消除吧。想要解脱吗？想要的。能求得吗？少数人可以吧。

活着的人能求得解脱，那已逝之人呢？他们能获得解脱吗？或如无数信仰之说，他们早已求得解脱，遗憾不属于死亡之地，只会留给在世之人。死亡是确定，有变数才有遗憾和痛苦。

生之为苦，生之为苦。死为安宁。

于是清明时节，祭奠与哀悼的到底是死去的亲人，还是世间人的痛苦呢？

2019年清明节

我只是希望你即便独自一人，也能过得好

我一直和我妈很亲。有可能是我天生就有着懂事基因，也有可能是我妈从小就会认真听我说每一个字，即使是小时候发表的那些幼稚人生感悟，她都仔细听，认真回答。现在想想，她肯定听完转过身就哧哧地笑个不停了吧。

“有一个爱听我说话的妈妈”这件事，让我17岁独自去新加坡上学前，都一直把我妈当作最好的朋友。

预科期间的室友曾经很羡慕我每天能和我妈打1个小时的电话，两个人之间没有任何秘密，好像能分享生活里所有的事情。开心的事我会第一时间和她分享，难过的时候找她哭一顿就能平复；晚上逃门禁去看演唱会她不会制止，和朋友通宵玩耍她也只是会嘱咐两句。我在她面前，没有报喜不报忧，没有伪装和掩饰，就连“长大结婚以后，我和你就是两家人了”这种“大逆不道”的话题也可以和她毫无负担地讨论。争吵是常常有的，等说开了又能亲密无间。

但就如龙应台说的，父母和子女的缘分就是今生今世不断地目送孩子的背影渐行渐远。而对于孩子来说，与父母的缘分则是不断在有意无意地狠心剪断与他们相连的千万根风筝

线，飞向更广阔的蓝天。

我，无意，有意，都有吧。

无意间，我习惯了接听妈妈的电话而不是主动打给她；无意间，我会因为嫌解释一件事太麻烦而向她隐瞒实情；无意间，朋友给予的鼓励和安慰胜过了妈妈的那一通电话……

这些都是无意间发生的事。可仔细想来，真的完全无意吗？

曾经有一次，我在和朋友聚会时掐断了我妈的来电。面对朋友诧异的目光，我解释说："没事，我只是觉得我妈需要'断奶'。"

孩子的独立人格可以通过在社会上独自打拼，在与老朋友新朋友交往的过程中自然而然形成。这样比较起来，给父母"断奶"是一件更为艰难的事。

改革开放以来，中国现代化进程和城镇化的速度大大超过了人们接受新观念、适应新式家庭模式的速度，再加上独生子女政策，"80后""90后"和他们的父母，成了新旧社会结构和新旧家庭模式转换期间尴尬的存在。

这种尴尬不仅仅体现在离得远、春节回不回家上面，更体现在父母与孩子所面临的心理困境上。

之前看到过网友调侃独生子女的处境：不敢穷，不敢病，不敢老，不敢死。大家集体表示共鸣。这种"不敢"从何而来？从"在乎"来？从"爱"来？这当然是对的，但更多的，是从"担忧"来，从"压力"来。那这些担忧和压力又来源于哪里？

来源于"我是父母的全部幸福"。

这当然与中国传统观念中对父母和子女的定位有关。传承、孝顺、赡养、报答、养育之恩、养儿防老……关系如此紧密，以至于父母和孩子的一生都捆绑在一起，同荣同辱，彼此都有着挣脱不开的义务和必须承担的责任。

这种纠缠共生的关系，以爱之名，实为依赖。

尽管我们的父母都适应了新时代的家庭模式，受到过新思想的熏陶，也理解孩子渴望独立自由的想法，能努力劝服自己"时代不同了，孩子有自己的人生，我们过好自己的就行了"，但"孩子是一个家的核心"这种心理惯性，哪里是说改就能改的？

尽管我们在一个新新社会中长大，追求个性和自我是共同的标签，但我们想要的无拘无束的自由是否总会被"父母在，不远游"所动摇？父母每一根新长的白发和每一条新添的皱纹，是否都会激荡起"子欲养而亲不待"的恐慌？

父母无法放弃"把孩子放在生活的首位"这种想法，唯一的孩子尽管感到压力很大，但无法承受因疏离父母而带来的愧疚自责。

现在有多少独生子女家庭，正处于这样尴尬的境地中呢？

去年我在新加坡教过一个15岁的女孩，她是独生子女，这在新加坡可算是"珍稀动物"。有一次，课上说到"出国深造"的话题，班上除了她，其他所有孩子都表示想要出国深造。我问她不想去的理由，她说："我爸妈只有我一个女儿，我需要照顾他们。"

她有可能搞混了"出国深造"和"定居国外"，但我能看到，她的这份"责无旁贷"背后，是父母全身心的付出与依赖织成的天罗地网。当将来有一天，她想要奔跑时，这张网会裹住她的心，缠住她的足，让她奔跑在内疚担忧中，抑或驻足在遗憾不甘里。

最近papi酱在一档节目里面说的"生活次序"引爆了网络。她认为人生最重要的排行榜应该是：一是自己，二是伴侣，三是孩子，四是父母。

若我们的父母都能在心理上将他们自己置于我们之前。

若即便我们无法陪在父母身边，他们也会好好照顾自己照顾彼此，爱自己爱彼此。

若我们给予父母的陪伴和付出，是“锦上添花”，而不是“雪中送炭”。

若父母的幸福和我们的幸福之间不是锁链般的等号……

也许，我们与父母会更加相爱。

那种去除了冰冷的责任义务，搬开了沉重的压力担忧，消灭了难缠的愧疚自责后，纯粹的真诚的爱。

再说回我给我妈“断奶”的事儿。那是在2012年之前的事情，成效还是很显著的，我妈似乎慢慢适应了这种“独立”的生活。但2012年我生病之后，我妈也提前退休了，我开始愈发担心她无所事事的退休状态，也愈发希望她能更多地关注如何丰富她自己的生活，而不是过于关心我的身体健康水平和生活状态。也就是说，我愈发希望她早日彻底“断奶”。

我曾经和前同事马来貘同学聊到过这件事。我说我希望我妈能少看点手机，把看书的习惯捡回来；我说我希望我妈不要天天在家里闲着，想要她出去再找点事情做；我说我希望我妈多和她的朋友们出去旅行，或者多出去参加一些退休人士的聚会；我说我希望我妈如果真的喜欢种花花草草，那就努力精进，不要浅尝辄止……

我对马来貘说，其实我只是希望她即便独自一人，也能精神丰足，日子也能过得好罢了。

马来貘听了沉默了一会儿,对我说:"你怎么知道她现在过得不好呢?"

这句话我咀嚼了很久,慢慢意识到我似乎在不知不觉中成了我妈的"母亲",我似乎在给她规定一种我认为对她好的生活状态,我正在强迫她做出我想要她做的改变。我在强行干涉她的生活并把自己的想法塞给她,我过于关注她生活中的细节并横加评判。

我成了我自己最不希望妈妈成为的那种"母亲"。

前几天,我又和妈妈争论起这个问题,又提到"我希望你即便独自一人,也能过得好"。我妈说:"你10年前就出去念书了,你爸每天上班,我都是自己在家里玩,一个人待得可好了。相反,我更担心你要是自己一个人怎么办啊?"

我张口想说你担心这个干什么,这么多年我不都是自己一个人过来的。可我忽然意识到,原来我和我妈是一样的,我们彼此关心,彼此依赖,彼此束缚,彼此给对方施加压力,把自己妄想出来的担忧丢给对方。

独立生活了这么久才发现,原来长期以来,我也从未"断过奶"。

2019年3月5日

什么东西随着疾病而来，却在目光中隐形

前两天我向病友和家属读者们发起了互动问题：

——"在你治疗的过程中，或治疗完成后，所遇到的最大的心理上/生活上的，不为他人所理解的困境或焦虑是什么？"

——"照顾病人的家属们，在照顾病人和应对生活/心理上的改变时，有什么点是让你感到迷茫和无所适从的？"

我得到了很多回答，这些答案不经雕琢却反映了病人和家属们最真实的心理状态。我花好几天把答案修改整理，选出了一些贴在下面，有很多也是我一路走来的切身体会和亲身经历，读时仿佛在看当年录下的电影片段似的。

南城：一个成年人，什么事情又都进入被监护状态，我很不适应。

质淮：在心理上变得更内向了，变得更加自我封闭了，生病后觉得最虚伪的词语就是“感同身受”。世界上根本没有什么可以感同身受的事，针没有扎在你身上，你永远不知道有多痛，就算扎在你身上了也不是同一根针，就像做骨穿一样，操作医生不一样，抽骨髓时的痛也不同。所以，生病后当别人询问我的病情如何时，虽然知道他们是关心我，但我内心并不太想向他们倾诉。

be晶子：治疗过程完成后，好不容易能治愈了，但是那种每天担惊受怕，害怕复发的心理，以及渴望恢复正常生活的矛盾心理，可能是很多患者治愈后反而变得抑郁的原因吧。

桐桐：5次化疗后，看到自己像一只秃毛鸡，浑身上下毛都掉得差不多了。不想照镜子，不爱照镜子。之前挺漂亮的我，怎么就变成了小秃驴。虽然我不是外貌协会的，但外在的变化，真的影响了自信。化疗的效果很理想，但是其中的痛苦只有自己知道。每个疗程进行期间，心里甚是恐惧。为了不让大家担心，除了自己的父母和几个闺密知道以外，国内其他人都以为我一如既往好好的。故作坚强地在朋友圈里发一些阳光灿烂的文字和图片。偶尔会想，为什么偏偏是我？我生活积极，为人善良，热心助人，充满阳光，认真锻炼，为什么癌会向我走来？当和死亡线越来越近的时候，我害怕死了。我不想死，不想让父母成为失独老人，不想让两个孩子没有妈。从确诊开始的每一天，我鼓起勇气去面对死亡，我必须坚强地活着，为了自己，为了家人。

Sally：治疗过程中……主要是激素的副作用吧，让我很绝望。

君萌：生理上的疾病倒是没觉得什么，让我介怀的是来自外界的不理解和各种风言风语。还有就是一次次去医院等结果吧。心里的那种恐惧不亚于考试的时候，最后还是希望快点好起来，愿世间没有疾病、没有痛苦。

詹总：我最怕的是人财两空，特别是最近一直住院，自费药不断，钱都是边花边想办法凑，经济方面爸妈愁得厉害，我的身体还在不停出状况。有的时候想过放弃，又想着这么久都坚持过来了，所以仍在坚持。

吴江：我最大的困境和焦虑是摸不清自己病情的严重程度，自己担惊受怕，问医生，医生也只用一两句话来打发我。其实我知道医生很忙，而且觉得医生有时候和我们一样——面对亲朋好友对我们的问候不知道怎么回答——我们的病情也许不是一句话两句话说得清楚的。心理问题是病，但也需要自己走出来，我已经挣扎着平静了许多，我没想要什么，有时候只是特别想得到别人的安慰和鼓励罢了，但是通常你表达出来的，别人也不一定知道你要什么，有种说出去的话像打在墙上又弹回来的感觉，而别人说的话又进不了你的心。

小豆包：我见到过两个病友的家属着急到哭，都不是为了大事。一个是因为在病房着急用药来找医生开一种药，但医生说不能破例，一定要排队。一个是预约的血已经拿到了，在那种温度下，血不能放置太长时间，但是前一天的医生开的输血单子有误，输血号码排得太后了。两个家属都非常着急，因为如果按号排队，医生就下班了，他们就拿不到药，也输不上血。当然有人可能会问他们为什么不去急诊，这就是个经济问题了。得了血液病，没有几个不会为钱所困，急诊费用比较高，无非还是省一点是一点。生活里总是充满无奈，生病以后，无奈就是生活。

Alex：生病后的我心里住着一个长不大的小孩，不会的事情不想求助，因为总觉得很丢脸，伤自尊；不向别人提要求，其实是不敢麻烦别人，也害怕被拒绝；只要稍微比别人落后，就自我苛责，完全不能接受自己输了；对他人的评价异常敏感，别人提个意见就觉得被针对、攻击……每一个人的性格特点不同，我就是这样的一个人，事情好像越来越糟糕：越要强，越焦虑；越不依赖，越孤独。慢慢地，就不知道如何与他人相处，不知道如何经营良好的关系。一颗封闭的心，自己出不来，别人进不去。

转河：很长很长一段时间，我感觉疾病（再生障碍性贫血）和我已经合二为一了。我那么努力想逃出它的桎梏，可是无论使出何种手段，终究还是被死死地困在它的牢笼里。一段500米的路程对于常人来说也就几分钟就能完美地完成，但是对于血色素只有正常人1/3的我来说，像是跑5000米马拉松那样艰难。心脏由于运动快要从怀里蹦出来的感觉真的是太难过了。

恍冉：有的时候我想也许离开是最好的解脱，可是又怕又不甘心。怕的是年纪轻轻就成为一抔黄土，一预想那个情景就觉着心酸无比。不甘心的是我没有留下任何值得骄傲的记号，有的只是可悲可怜的痕迹，这是我一点也不想要的。我几乎每天都在这样的自相矛盾中煎熬着。终于，家人下定决心带我到北京做移植。这条移植之路，虽然走得很艰辛，但是终于还是结出让我满意的硕果。虽然后面还有很长一段旅程要走，不过那是通往光明之路，我会高兴果敢地大步向前跨去……

紫罗兰：这个问题存在于治疗过程中和现在康复阶段。每天都有不同的同学、老师、朋友、亲戚问我："你怎么还不来上学？"怎么说呢……因为这个病（髓系白血病）别人不了解，他们以为手术以后就可以像正常人一样。啊哈哈哈！这个问题不知道能不能称之为问题，反正从生病那天到现在，这个问题就一直伴随着我。这些看似关心的问题，弄得我自己去脑补了很多未来的事，反过来会让我去想我未来怎么办，让我焦虑得很。

椰子：当年做（乳腺癌）活检的时候，光着身子躺在医生的操作台上。医生没有征求我的同意就带着一群实习生来观摩学习。我光着身子躺着，觉得蛮屈辱的，感觉自己就跟个标本一样，没啥尊严可言。我真希望下次医生带学生学习的时候能事先征求一下病人的意见，看病人是否同意。

湘仔：在生活中，有时候会感觉家人一意孤行，听不进去我或者别人的建议，也没有认真去了解我真切的感受。后来反应过来后悔的时候，才知道自己是错的。

诗律：他们（家人）发现，我想吃芹菜，吃了一次，结果下次给我做我就不爱吃了，我想吃土豆片他们给我做土豆丝，我就不想吃了。他们不能理解我，觉得我故意找事情。其实是移植以后我不能随心所欲地到外面去吃，每天都要在家里吃，而且食材种类的选择也少了，口味只能是清淡的，选择有限，我只是希望在有限的选择里尽量多样化一点。而且用了药之后，我嘴巴里会觉得一会儿咸一会儿淡，胃口一会儿好一会儿不好，他们就觉得我有问题，不懂事。他们不能及时发现我的心理变化，感觉不到我的焦虑和脆弱，其实我真的很煎熬。

DVD：我比较无所适从的一段时间，是去年6、7月份，经常对我妈妈发火。我当时以为是药物作用，当时父母不太能理解，但后来证实是甲状腺出现病变。其余的，我感觉我父母都做得真的很好。总体来说没有感觉到什么不能被理解的。有时候偶尔有些忧虑，但忧虑的基本都是父母能理解的。

炸鸡：我爸老是说不运动当然没力气，听烦了我就起来走几步敷衍一下他，我只是真的血象太低，没力气，只想躺在那一动不动啊啊啊啊啊！

北北（家属）：有一次去买豆腐，碰见一个家属也来给病人买豆腐。家属跟卖豆腐的人说只买一半，那人硬是不卖。其实那个家属就是只想给住院的病人一个人做个汤，而且要买最新鲜的，所以不想买得太多。这时候旁边就有个另外的人说："你们家病人吃不完的，你们自己吃了不就完了，为啥不买块大的？"我在旁边听着，心里可不是滋味了，因为我特别理解这种情况。家里经济条件不好的家属通常都是亏着自己，单单给病人吃点补的东西，自己下个素面就完了。所以什么都只买一点点，只做给病人。治病把家里的钱都用光了，他们在任何方面都是能省一点是一点。但是旁边的人看着，就完全不理解，也不愿意迁就。最后那个卖豆腐的就是不愿意卖给那个家属。我心里可难受了。

奶茶（家属）：我妈妈也是打倒了癌症坚持下来的，就在昨晚她呼吸骤停，现在在重症监护室还没脱险，我现在不知所措，睡不着，满脑子都是最坏的打算，突然想起你，把你的文章从头再看了一遍，告诉自己，要坚强，要乐观，要相信我妈，心情总算平复了一点，谢谢你。

庄蜀（家属）：我孩子治病期长，没去过学校，治好以后回学校读书还是托了关系的，社会上有些人看不起得过血液病的孩子，不太了解这种疾病。我孩子在学校里面跟校长打招呼，校长也是冷脸色不搭理。她心里应该还是有点压抑的，很少有笑脸。

纯可爱(家属):嗯,这个问题很难回答,因为事情太多了,有些是小事情,但是放在自己身上就大了……比如刚开始得知家人生这个病根本不能接受,心理上的、精神上的、生活上的改变太多,从何说起呢……就是面对无数检查结果的害怕,担心!好了,就开心;一点不好,就紧张得要命。到处问,恨不能自己就学这个……然后面对医院,很多的无奈,明知白细胞最低时可能会感染或者发烧,但是医院床位太紧张,想让医生给个层流房(中间有隔断,有空气过滤装置的病房)都难。明知有的同房的病友很不注意卫生和清洁,但是没人会管,你自己说了也不管用,受罪的还是家人……

Jin(家属):面对这个情况(造血干细胞移植),病人比较娇贵,护理特别需要人手,可是哪有这么多所谓闲人呢,人家也都有别的事要忙。真的是从从来不去求人到四处求人,有时候心真的很累。

雯子(家属):身累,心也累。看着家人受罪,恨不得自己代替他们去受罪。尽力去理解病人的感受,但是有时候还是会踩到雷区,争吵也是常常有。唉,过程漫长……

这些情绪,随着疾病而来,却通常遁于无形。有时是自己都理不清,有时是刻意将其屏蔽;有些是羞于启齿,有些是无从说起。

新的一年即将开启。新一轮的爆竹声，声声叩问着我们：这些身体和心理上的伤痕又伴着我们走过了一年，而在新的一年中，我们能否学会与它们和解？我们能否让自己流下的泪水成为抚慰它们的暖流？

我们都还在路上。

2018年2月1日

在病中

在国内治疗有一个最大的好处，就是不缺病友。QQ群、微信群，数下来我有五六个。大家在群里互相交换治病的信息、食疗的方法，必要时在看病和生活中互相帮助，最重要的是难过的时候有地方“吐槽”，沮丧的时候有人分担。在这些群里，经常能看到病友们分享他们在治疗过程中遭受的困难和心理上遇到的困境。7年了，3次生病，我这个老病号也积累了不少经验，在这里给正在治疗中的病友们一些建议。

要把治病当成一种生活

很多病友生病之后，心理落差特别大，以前的日子多丰富多彩啊，现在天天医院家里两边跑，还得时时刻刻忍受病痛的折磨和对于检查结果的焦虑，心里难免急躁，想要赶紧把病治好，赶紧回归正常的生活。特别是来北京就医的外地病友，北京不是他们自己的家，自然很不适应，非常想家，就更想要快点结束治病的过程。

但这样的焦躁是很不利于身体康复的。不妨把治病当成在另一个地方开始一段新的生活。我和家人都有着随遇而安的心态。第一次在北京治疗的时候，我休学了1年，倒是暗爽，可以暂时逃离繁忙的学习，享受一段悠闲的时光；我妈心里也有点开心，因为我常年在新加坡不能回家，这会儿有9个月可以腻在一起；我爸一直没心没肺，一旦到北京就趁这个机会走这走那旅旅游。

如果把“治好”当成一个马上实现的目标，那这个过程就会变得无比痛苦，如果出现自己不能接受的结果，情绪很容易崩溃。

治病不代表生活的终止，而是另一种与众不同的生活的开始，把注意力从治病移到如何把生活过得更好，就能找到另一种乐趣。

找到自己的精神寄托

我很理解有的病友在生病之后情绪变得非常不稳定，脾气暴躁，认为自己不再对社会有用，甚至还要依赖家人的照顾，对于拖累家庭，他们又自责又懊恼。这样的情绪不被控制，就会发泄到家人身上，口不择言地和家人争吵，会让原本就承受着不幸的家庭更加烦忧。

在治病的过程中，病人的精神稳定是一颗定心丸，让家人能心无旁骛地照顾病人，而不会因为病人的情绪波动而担忧。所以作为病人，最好在治病的过程中找到自己的精神寄托，安定自己的身心。

我在第一次治疗的时候还想着能回归到正常人的生活，所以一直在为自己未来的发展考虑。我那时的精神寄托就是利用这个时间段完成金融分析师的学习，好让自己不要落下太多。在复发而进行第二次治疗的几个月中，我的精神寄托转变成探索人生的意义，所以阅读了大量的书籍，输入了很多宝贵的精神财富。到了第三次——白血病的治疗，我打定主意把我的经历写下来，把爱与温暖传递给更多的人，这成了我现在的精神寄托。

而家人们也一样，在照顾病人的基础上，要找到自己的生活爱好或者精神寄托。我妈在照顾我的时候就经常绣十字绣、看书，我们还一起买菜、做饭、锻炼、旅行。

精神生活一旦丰富起来，现实的困境都不是问题了。

直面死亡焦虑

这个是最难的部分，需要很长的时间去面对和接受。

癌症病人忍受着身体的折磨，更难受的，是承受着对于未来不确定性的恐惧。中国人一直对死亡讳莫如深，说出口的都是吉利话，死亡焦虑都习惯留在心里。

我在第一次治疗的时候也从未想到过死亡，是复发把我拉到了风口浪尖，我被迫面对命运的无常。在2014年一次复查结果显示我腹部有少量积水的时候，新加坡医生要我们去排除腹腔复发的可能（事实证明，是这位医生太没有经验了……），吓坏了我妈。那一次，我第一次和她聊到死亡。过程中当然充满了泪水、难过与拥抱。但那是我们每一个家庭都要面临的可能，即使回避，它也会藏在每个人的心底，像一只潜藏的硕鼠，啃食着乐观与希望，散布着恐惧与绝望。

在家人间刻意回避这个话题，相当于每个人都在单独承受着这种焦虑和绝望，外表上还要表现得若无其事，丝毫不在意。这样长期的情绪压抑，会导致内心更加阴郁消沉，而且病人会有不被家人理解的苦闷。

可以试着和家人坦诚你的恐惧，把你内心的焦虑与他们分享，谈谈你对死亡的理解，说说你对生活的期待，鼓励他们分享他们的感受，大家一起来承担这沉重的命运，命运就会变得没那么难扛。

但这需要病人本身有强大的精神力量去支撑，所以修炼自己的身心，比什么都重要。

作为一个“专职”病人，这些年的3次患病，现在回想起来，是一笔巨大的财富。

第一次生病，看着眼前还没有拥有、得到的东西，心有不甘。

第二次生病，学会了看向自己的内心，从自己的内心寻找力量。

到了这一次，第三次，我感受到了生命的力量，感受到了来自家人朋友的无条件支持，感受到自己已经拥有的太多的温暖与爱。我决心把自己的故事传递给更多的人，给更多人力量，用自己的经历给这个世界创造出一点点价值。

没有这3次命运的转折，我又怎么能收获生命的奇迹。

我是筱慢，我还跋涉在命运为我铺设的大路上，带着温暖与爱，传递着温暖与爱。

2018年10月27日

病友访谈(一):
白血病等于"格列卫"?
你真的了解白血病人吗?

自从《我不是药神》大火以后,后台就经常有一些朋友问我是不是也是“格列卫”的受益者。我每次都耐心回答说,我是急性髓系白血病,不是慢性粒细胞白血病,我是没有格列卫这样的靶向药可以吃的。的确,白血病真的特别复杂,分为很多种不同的类型。有急性的,有慢性的,有髓系白血病,还有淋巴细胞白血病,等等。光是急性髓系白血病,根据英法美协作组诊断标准,就有M0到M7共8种分型。一部电影中所呈现出的白血病群体生存状况的确是有其局限之处的。

以下是我对一些病友的采访,他们讲述的都是最片面,但也是最真实的第一手信息。就是这些不同的生命个体,用自己的故事勾勒出了一个残酷却暖心的“小白世界”。

小A,男生,28岁
急性髓系白血病M4

筱慢:来来,采访一下你。

小A:我先摆个造型。好了,开始吧!

筱　　慢：……嗯，你患的和我一样是急性髓系白血病，但是我是M2，你是M4。你当初是如何确诊的呢？

小A：每个人确诊应该都有个故事吧，小孩没娘说来话长了。

筱慢：……

小A：2017年4月份，我去天津出差。有个礼拜五，北京有几个朋友说“来北京玩吧”，正好周末嘛，我就买票去了。在火车上的时候喉咙就很不舒服，我还跟朋友说你给我买点消炎药吧。那天晚上还喝了一顿酒。凌晨4点的时候，喉咙疼得受不了了，就去旁边一个医院看了急诊。急诊大夫就让查一个血常规，当时那些血液细胞的指标就比较异常。那个急诊大夫也很有经验，让我去做一个彩超，查出来有点脾大。当时还有一个老大夫，他让我赶紧去大医院再仔细查一下，说我这个有可能是一些疑难杂症，让我不要耽误。

筱慢：你那次查的血常规是怎么异常了？我当时是血小板特别低，白细胞稍高一点。

小A：我当时是白细胞和淋巴细胞都特别高，其他都算是正常。

筱慢：嗯，那后来呢？

小A：当时我就自己上网查了一下，然后又旁敲侧击地问了一下老大夫，就说有可能是白血病。后来我就回了老家山西太原，我们那也有一个看这个病的医院，虽然不像北京大学人民医院这么出名，但是也挺靠谱的。大概一个多礼拜吧，我先把喉咙治好了，然后又去查了一个血常规，再做了一个骨穿，确诊了。

筱　　慢：那你从北京急诊看病到最后确诊是用了快半个月

的时间对吧?

小A:嗯,是的,当时这半个月的时间我基本每天晚上都会发烧。但是自己有点恐惧,不敢去确诊,就是一直吃那种常规的消炎药。心里想把喉咙治好了,再去查一个血,特别希望能正常。

筱慢:是呢,那种恐慌我也能理解。然后接下来你就是和我一样接受了化疗是吧。

小A:对,然后我就从那天开始了住院生涯,开始了治病生涯,开始了不一样的人生。

筱慢:你这还用上排比句了……那你刚开始在太原打化疗,后来为什么又到北京大学人民医院来治疗了呢?

小A:因为我在太原的时候,大夫做了检查以后,给我的病情的危险程度定的是高危。大夫就跟我说你这个病得移植,如果光靠化疗,治愈率是比较低的。既然是要移植,就肯定想到这些比较权威的医院了,像北大人民医院、陆道培医院等。当时我就想来北京了。后来我就到北京,看了黄晓军教授的门诊。

筱慢:嗯嗯,我当时也是在新加坡的时候,查到网上的资料,黄晓军教授是半相合移植的权威,而且给我治疗的新加坡大夫都听过他的讲座,用他的治疗方案,所以我毅然决然来了北京。

小A:嗯,的确是这样的。

筱慢:之前听你说,你在化疗期间还感染了?那是咋回事?

小A:一把辛酸泪……

筱慢:别哭了,说说看。

小A:我在北大人民医院做第四个化疗,用完药以后白细胞特别低，等着细胞长起来的时候，就感染了，真菌感染特别麻烦。一直用药，体温也降不下去，挺危险的那段时间。后来不停地换抗生素，不停地换药，不停地尝试，最后终于尝试到了一个药，叫伏立康唑。

筱慢：你药名记得真的好清楚……

小A：靠着它活命不是……后来体温控制住了，我就回家了，一直口服伏立康唑，控制肺感染。后来因为化疗间隔时间太长了，再打一个化疗的话担心肺感染会反复，所以很多大夫就一起开了一个会，研究了一下我这个肺，觉得我这个肺是个麻烦，就处理吧。最后跟我们商量的是，把最难恢复的那一块切掉，然后就做了一个微创手术，把我的右肺下叶切掉了一些。

筱慢：我的天啊……切了你有啥感觉吗？会影响到呼吸吗？

小A：你问的这个问题是我当初最担心的。因为我特别爱运动，喜欢打球。我也特别担心我以后恢复啊什么的，然后也自己查了很多资料。网上都说其实人少一个肺叶对呼吸是没有影响的。我就切了。但是我刚切完以后还是感觉有影响的，就是呼吸有点急促，有点短。其实从去年10月份开始有感染到现在，我的肺部感染都没有好彻底，左肺上叶还是有真菌感染。所以现在还是在吃泊沙康唑进行预防，有时候还是感觉到胸口不适。

筱慢：那你之前还跑去爬山了，你也是牛。

小A：我一直都觉得生命就在于运动，你要是一直在家里休息不运动，人一定会待废的。

筱慢：哈哈，说得也对。我现在也是一旦血象上来了就出去走路。那你觉得你自己肺部感染的原因是什么？

小 A:这个也说不准的,其实基本的防护我都有做,戴口罩,注意吃得干净什么的,可能就是化疗到后来有点松懈了吧。而且主治大夫其实也有说,毕竟真菌这个东西吧,真菌的孢子粒一直都是存在于空气中的,人也看不到它,也没办法做到百分百的防护。或者说,我就是运气比较差,点儿比较背……

筱慢:我们再说说移植吧,现在很多人都还不了解具体是怎么回事,你可以稍微介绍一下整个过程吗?我刚开始到北大人民医院,听说"移植仓",我也是一脸蒙的状态,听上去跟太空舱一样。

小 A:"移植仓"就是一个小房间,一个房间隔成两个,你在里面,外面是个护士的操作间。里面有床啊,桌子啊,放你自己的生活用品,是恒温的。你是不能出去的,护士、大夫进来是要换衣服消毒的,你所有用的东西也是要消毒的。整体来说,"仓"里还是比较安逸的。可以看电视,也可以用手机和电脑。

筱慢:嗯,所以我一早就准备好了无限流量卡……我听说一般都会在"仓"里待 1 个月左右的时间,是吧?

小 A:差不多,一般在"仓"里先打一次 7 到 10 天的大化疗,也就是清髓,把你本身的骨髓细胞都打死,才能把供者的弄进去。然后休息一天,再回输供者的造血干细胞和骨髓血。如果是全合,就只输造血干细胞,如果是亲属的半合,就两个都要。回输之后,就等着长细胞,基本稳定了就可以出"仓"了。

筱慢:你觉得移植对于你来说,是很困难的体验吗?

小 A:移植对于我来说不是很困难。我觉得最困难的是在"仓"里要扎针抽血,我的血管已经成精了!针头一扎进去,它就跑啦,就躲那个针头!一般不扎五六针都不一定能扎进血管里，一直到现在都是……我的血管里头住了一堆血管精……

筱慢：你这个……本来很悲惨，为什么听起来这么搞笑……

小 A：至于那个大化疗啊，那些上吐下泻，都不是最难熬的，因为以前化疗都经历过，我也特别能睡觉，一进去就睡觉，也感觉不到太多痛苦。还有一个比较难熬的，是扁桃体啊，嗓子那块，出现了很多溃疡。

筱慢：呀，那个溃疡是吃不了饭吧，听上去就很疼。

小 A：唉，别说吃不了饭了，就连吞口水都疼得不行啊！不过这个没办法，就是等你白细胞长起来以后，马上就好了，特别神奇，真的！真的见效特别快！

筱慢：所以人体本身真的是最好的药方。"人品守恒"，你移植之后就没经历什么排异，是吗？

小 A：我在"仓"里就出了皮肤排异，就是皮疹，还感染了巨细胞病毒。回家以后又出了两次皮疹，一直在治疗，输液啊，吃激素啊，现在都没啥了。

筱慢：其他的肠道排异啊，肝脏排异啊，你都没出过对吧。

小 A：好像是没有出现过。

筱慢：嗯，每个人出的排异都很不一样，都是没办法预测的，有些人就排异得很严重，都看机缘。你现在是移植后4个月啦，感觉如何呢？

小 A：你的记性真不错啊，你还记得我是4个月了。

筱慢：……

小 A：我现在的感觉吧，肯定是比刚移植的时候好很多了。一些轻微的活动都可以做了，也没有那么虚弱了。虽然这个过程是很漫长的，但都是一步一步向好的方向去走的。

筱慢：那你有什么想对我这种一脸蒙的新患者说的吗？

小A：我个人觉得吧，不要把移植想得那么恐怖，它没有你想得那么艰难。如果你总是把它想得那么艰难的话……反正还是那句话，你整天想着复发复发，你不复发谁复发啊！

筱慢：是的呀！我就觉得你特别乐观，状态特别好。

小A：一开始肯定会有那种力不从心的感觉，觉得家人、朋友、亲戚都在对你区别对待，心里肯定会有不平衡的地方。保持好心态，放缓一点，别那么着急，慢慢就会恢复到原来的状态的。

筱慢：嗯！好的，谢谢你！治疗只是一个过程，向着光走，就不会觉得路上黑。我们都好好加油！

小A是我在病友的QQ群里“勾搭”的。当时是因为刚刚到北大人民医院，人生地不熟，而且对即将面临的移植充满不安，所以在群里看到一个和我差不多大的病友，还刚刚做完移植，就果断“勾搭”了。他回答了很多我对治疗、看病和移植的疑问，并且用他的超脱、乐观、幽默大大地鼓励了我。他的治疗过程已经走完了一大半，希望他在接下来的康复过程中好好休息和锻炼，然后去爬山、去打球、去闯荡，去让世界看看，我们归来后，还是两条“好汉”！

2018年7月31日

病友访谈（二）：中医或西医？我们非得选一个吗？

如果你问一个西医，到底能不能吃灵芝孢子粉，得到的答案十有八九是否定的。在一般的西医眼里，中医的效果缺乏临床验证，遵循的理论也是经验性的，缺乏科学证明。而中医对于西医那种急功近利的治标理念也同样颇有微词。

我一直没有吃过中药，不是因为我排斥，而是因为我乳腺癌术后一直吃着西药治疗，怕中药和西药的药效有冲突。而到底有没有冲突，我不知道，无论中医还是西医，都没有能给我一个肯定的答案。我其实对此感到很遗憾，中西医对于彼此的敌意和缺乏了解，让病人失去了同时在这两个体系中获得利益的机会。最后我选择了坚持西医的治疗，是由于现在国内中医市场鱼龙混杂，医生良莠不齐，我无从分辨好坏。我心里其实对于中医的治本大于治标的理念是赞同的。

病友小B的治疗过程中就遇到了一次在中、西医之间的艰难抉择，来听听她怎么说。

小B，女生，35岁

急性淋巴细胞白血病

筱慢：小B，你好呀，可以给我半个小时做个小采访吗？

小B：好呀，我怕我自己不会说就是了，哈哈。

筱慢：哈哈，没事，你就分享你自己的经历和感受就好。嗯……其实我对“急淋”不是特别了解，你当初是怎么确诊的呢？

小B：当初连续3个月发烧，伴随盆骨位置不舒服。其实那段时间很累，黑眼圈很大，周围的人都注意到了，但是我自己却没有发觉。然后那段时间走路的时候，盆骨位置就痛，不舒服。连续3次以后，我就觉得不妥了，就去照了一个核磁共振。拍出来的结果就说应该是血液方面的问题，接着我就去咨询血液科了。

筱慢：呀，我第一次听说盆骨还会痛呢。

小B：痛得连路都走不了，一开始以为是神经或者肌肉问题，每次打了止痛针就没事了。但是我没有瘀青的情况，刷牙倒是经常流血，但我以为是上火。

筱慢：那你去验血了吗？我那个时候是瘀青，然后验血显示血小板特别低。

小B：我是白细胞低。

筱慢：我当时是白细胞高，还真是蛮不一样的。

小B：然后确诊那一刻，刚好是主任每周带着学生大检查的那天，一堆医生围着我，主任就跟我说，不能拖延了，马上开始治疗，植入PICC管（化疗所用的滞留针管）。然后我就哭着喊着被插管了……

筱慢：哈哈哈！好有画面感。那你之后接受了怎样的治疗？

小 B：然后就开始了第一次化疗，第一次化疗很平稳，没有发烧和不良症状。但是从第二次开始就发烧了，第三次也有，还有许多让人不舒服的副作用，像呕吐、便秘什么的。当时我们也想要移植，但是骨髓一直配不到合适的，所以（广东）中山这边的医院就提出了脐带血移植。但我爸觉得中山的医院没有这方面的经验，所以我们就去广州南方医院咨询了。

筱慢：我也有听病友提到过脐带血移植，中国似乎是安徽省立医院做得比较多。

小 B：我在广州南方医院做了第四次化疗，虽然没有发烧，但是一直便秘，很难受，吃不下东西。所以体重一直下降，降了 20 多斤，只有 70 斤了。

筱慢：天哪……那身体很差吧。

小 B：是啊，就连站和坐都没有力气，整个人都没有力气，自理能力完全没有了。状态非常差，可以说是剩最后一口气了。化疗真的对于我来说是生不如死的体验啊。所以经病友介绍，我就去找中医看，可以说他们真的是我的贵人，这真的是一个最大的转折点。

筱慢：那你后面就没有做移植了？

小 B：移植这个事情吧，因为在广州的那次治疗中，和教授聊了很多，经过各方面的检查，他们都说我这个身体状况不太适合移植，太虚弱了。我这个病的状态可以移植也可以不移植，再加上我吃中药之后状态也好了很多，每次化疗之后的骨穿和抽血结果都很好，所以我们觉得就不移植了，就一边化疗一边吃中药吧。

筱慢:你们之后都一直在广州南方医院化疗了吗?

小B:我们在广州做完第四次化疗后就发现化疗方案和中山的也差不多,所以之后又回到中山做化疗了。

筱慢:你们一边做化疗一边吃中药,医生会允许吗?

小B:不允许啊。其实我们也没有做完8次化疗,因为我们那个中医也是比较抗拒化疗的,他觉得化疗把整个人都打残了,所以他对我们说,如果你们继续做化疗,那我就不给你们治了。

筱慢:唉,这真的是一个很艰难的选择啊……我觉得如果让我选要不要化疗,我真的很难决定。

小B:是啊,我们考虑了好久啊,真的非常纠结,因为我们还没有做完西医的化疗。真的就像赌博一样,最后我们还是选择相信了中医,所以只做了6次化疗。哦对了,最后一次化疗膝盖还积液了,腿伸不直了,不知道什么原因。没有化疗之后,我就一直吃一种化疗小药片,氨甲蝶呤片,一周一次。再加上吃中药,一直吃到现在,快5年了。不过现在吃中药就像是保养了,3个月去看一次中医保养一下。

筱慢:真的也是不容易,太曲折了。

小B:是啊,化疗的时候有一次,我记得我一直吐一直吐,吐到胆汁都出来了,我妈妈就抱着我哭,说对不起,给了我这么差的一个身体去受这样的苦。

筱慢:我妈也说都是她的基因不好……

小B:是的,妈妈就是这样的。那一次我真的是印象非常深刻，我也很难过。其实刚开始我是很抗拒治疗的，整天都睡在那里，整天哭，然后还说不想治了，不想治了。但是看到我爸妈这么辛苦地照顾我，我就想，我真的不能让他们这样白发人送黑发人啊。有这个中医，有另外一种方法让我活下来，就选择这种方法吧。

筱慢：嗯，怎么都会有适合自己的办法，最重要的就是适合自己并相信它。

小B：嗯，我现在就是这样想的。如果这个病一直不能完全治好，就一直让它留在你的身体里，让它和你和平共处又如何呢？我相信我们每个人都有这个基因，只是我们做了一些不好的事情来激发了它而已。

筱慢：嗯！很有道理！这就是种慢性病，我们以后都要注意生活习惯，健康饮食，不要给自己太大压力，好好生活。

小B：对的！就不要想着干掉它嘛，和它和平共处就好了。西医总是想着要把它消灭，打死它，但是其实真的有必要吗？主要是要相信自己的身体，相信身体里的一切都能够和平共处。

筱慢：这个真的有点上升到哲学的层面了，哈哈！那你觉得，得白血病这件事给你带来了什么样的改变？

小B：8个字，凤凰涅槃，浴火重生。现在回忆，仿佛做了一个梦，很真实的梦，有时候还会怀疑，真的有发生过吗？

筱慢：恍如隔世啊，哈哈。

小B：可是经过了这个事，我和我爸妈的关系好了。以前和爸妈沟通很少，他们都忙事业。

筱慢：应该是懂得珍惜彼此了。真的，生病了才知道生命中什么是最重要的。你是独生子女吗?

小B:是,表面上看起来他们比我更乐观更坚强,可是知道患病的那一刻都是崩溃的,但他们也只能让自己崩溃一阵子,马上又坚强起来才能撑住啊。

筱慢:是的,所以为了他们,我们也要健康平安地生活。那你现在开始正常的工作了吗?

小B:2014年3月开始治疗,2016年7月就上班了。现在的人生规划就是该吃吃,该喝喝,小病小痛是福,一家人在一起就好了。还有照顾好自己,否则怎么出去high啊!

筱慢:真的恭喜你!明年就5年治愈,骨穿都不用怎么做了,口服化疗药都可以停了。真心为你感到高兴,感谢生命的奇迹!谢谢你接受我的采访呀!

小B是我中学的学姐,我生病之后别人介绍给我认识的。她经历了不太寻常的治疗过程,中途也做出了从西医转向中医的艰难决定。其实我从她的经历中看到了中西医结合的希望。没有前几次的化疗,急性白血病没法被有效地控制住,但没有后续中医的调理,她同样无法重获一个健康的体魄。她的经历多多少少能给中国的医务工作者们一些启示:中西医本不应该对立,而应是互补的。希望中西医能多多互相学习,给病人带来更大的益处。

2018年8月4日

病友访谈（三）：一朵与排异抗争的16岁向阳花

移植，看上去只有两个字，但它背后隐藏的信息却绝不是字面上那么简单。化疗、进“仓”、回输，供者的干细胞成功发挥作用，这仅仅是“移植”这个万里长征的第一步。

移植物抗宿主病（GVHD），也就是我们常说的排异，将在未来几年成为白血病患者移植后最亲密的朋友。它将会引起身体一系列的不适反应，但在这个过程中患者也会逐步建立起自己坚固的免疫系统。

所有移植病人都对排异又爱又恨，盼着它来又盼它不来，希望它对我们只是抚摸而不是拳打脚踢。但是当你从来没有遇到过它时，那可能又要生出另一种担心了。我们来听听小C怎么说。

小C，女生，16岁
急性髓系白血病M2b

筱慢：我们开始吧。要不先简单介绍一下你自己患病的经过吧。

小C:那是2016年的时候,我们学校举办运动会体育达标比赛。平时我体育成绩挺不错的,但是那天晕晕乎乎的,使出“洪荒之力”也只跑了个倒数第一。人生中第一次感受做倒数第一的滋味,忍不住蹲在操场上旁若无人地号啕大哭,好朋友和班主任纷纷跑来安慰我,班主任很关心我身体有没有不舒服,周五放假还告诉我去医院做一下检查。所以就那个周六,2016年5月1日,我在市人民医院查血、做心脏彩超,由心内科医生赶到血液科门诊,然后就告诉我父母严重怀疑白血病。之后我还晕倒了,接着就紧急住院做了骨穿,确诊白血病(M2b中危)。

筱慢:所以,当时你知道诊断结果的时候,心情是怎么样的?当时你才15岁吧,我觉得我都不敢想象。

小C:对啊,得病的时候14周岁。现在想想确诊的时候我竟然还比较冷静,当好朋友痛哭流涕安慰我的时候,我还笑着说没事,这是上天对我的考验。

筱慢:你太棒了!比我强多了,真的,我刚知道的时候崩溃死了。

小C:一开始爸爸妈妈没敢告诉我,后来我知道的时候,已经开始治疗了,所以也就没那么难以接受了。其实之后我们就转到省内一流医院,后又转到全国一流血液医院——天津市血液病研究所。

筱慢:嗯嗯,所以你首先去的天津?

小C:对呀。

筱慢:天津那边给你的治疗方案是什么?

小　C：4次化疗，“一疗”诱导，后3次巩固治疗，然后就结疗回家筹集移植费用。当时主任是建议移植的，可是家里经济困难，实在拿不出那么多的移植费用。当时对移植是很抗拒的，觉得给家里的负担也太大了，而且做移植也是赌一把，并不是百分百的成功率，只是说会降低复发率，还要承担那么大的风险。

筱慢：嗯嗯，理解，我当时也有这个想法。

小C：本来如果没有经济问题，打完3个化疗就可以直接做移植的。可是钱没有凑够，就打了4个疗，结疗之后，骨穿结果还不错，就先回家养着筹钱，可是回家还没到三个月，就复发了。

筱慢：治疗的时候会失落，想念学校的生活吗？

小C：肯定会呀，那时候天天想着回去上课，天天和要好的朋友聊天。

筱慢：就是那种想要了解他们的生活，感觉还跟他们在一起学习的感觉，对吧。

小C：嗯，是的。那时还有一个最好的朋友，每天给我补习功课，讲解习题。

筱慢：真是中国好闺密！

小C：我想正是有他们的关心和牵挂，我才会这么坚强地去和病魔战斗。真的特别感谢我的同学和班主任，在得知我的病情之后，班主任每天跑东跑西为我的事情操心，组织全校师生为我募捐，全班的同学和年级里的一些同学还自发组织上街为我募捐。

筱　　慢：天啊，真让人感动！太棒了，有这样的老师和同学。

小C:对啊!

筱慢:嗯,那你结疗回家后复发,接下来的治疗方案是怎样的呢?

小C:复发以后就赶紧来北京大学人民医院了,那时"仓位"还没有排到,医生说再打一个疗,所幸再次缓解。但是打完一疗之后还是进不去"仓",又打了一疗,所以也就是说复发以后打了两个疗才进的"仓"。

筱慢:嗯嗯,之前听说你第一次移植的过程非常顺利。

小C:是的,第一次移植非常顺利,移植过后一点排异都没有。

筱慢:那先跟我们介绍一下什么是排异吧。

小C:我自己的理解就是回输进体内的供者细胞开始生长活跃,与自身原体的细胞产生抵抗,人体出现的反应现象吧。

筱慢:哈哈,这个解释得很好呀!那移植过后可能会出现怎样的排异表现呢?

小C:排异情况因人而异,常见的有皮肤排异、口腔排异、眼睛排异、肝脏排异,比较严重的有肺部排异和肠道排异。

筱慢:举一个皮肤排异的例子吧,会有什么表现呢?

小C:皮肤排异的时候就会起皮疹,会非常非常痒,又痒又疼的,根本睡不好觉那种,皮肤碰都碰不得。

筱慢:那你是在移植后多长时间内没有任何排异?

小C:大概半年的时间吧,也没有出过巨细胞病毒。

筱慢:那半年应该每天都过得很开心吧,毕竟没有排异是一件很舒坦的事情，哈哈。

小C：对啊，那时候一起进"仓"的病友都有各种不适，有各种情况，我还有些小小的扬扬得意，哈哈！那时候每天都看书，自学课程。

筱慢：但是，心里会有点担心吗？

小C：是半年后骨穿的结果出来，发现ETO基因高了，数值是4.8，就担心了。

筱慢：嗯，对，那是一个界定某些白血病的关键指标，特别是M2b。

筱慢：那一刻，你的心情怎么样？有没有五雷轰顶的感觉？

小C：嗯……想一下，还真没有，那个时候我还回老家了，哈哈。

筱慢：所以你那一刻的想法就是，继续治疗。

小C：对的！

筱慢：你爸妈呢？他们也像你一样坚强吗？

小C：嗯嗯，我爸妈在我面前总是很坚强，只是妈妈会偶尔心疼流泪。

筱慢：嗯，我懂得。你们一家人真的很棒。那基因高了，你又接受了怎样的治疗呢？

小C：之后就做了两次回输。但是第一次移植的时候没有冻存多余的造血干细胞，所以第二次回输我爸爸又抽了一次外周血提取。然后又打了一个小化疗，谁知道ETO基因反而更高了，涨到了6.2。

筱慢：啊？这么诡异？那怎么办？

小C:所以就打了6支干扰素促进排异。唉,打干扰素那叫一个痛苦啊,发烧浑身疼,但是打了以后终于出排异了,这个基因指标马上就转阴了。所以一切的努力都没有白费!

筱慢:心疼你,摸摸。但是你之前说排异的过程是一个更加艰难的考验。

小C:是的,打了干扰素以后,排异唰唰地出,而且都是特别严重那种,该有的排异我都全了!我1年时间了,一直都在排异,各种各样。

筱慢:所以你肯定出过皮肤排异,那其他排异呢?说说眼部排异是怎么回事吧。

小C:就是眼睛有异物感,分泌物超级多,多到看东西都是模糊的,尤其是早晨醒来,眼皮都被黏住,睁都睁不开那种。

筱慢:这个有处理方法吗?

小C:这个就是用一些抗排异的眼药水,免疫抑制剂或者激素。大概半年多后才好些。

筱慢:嗯,开始好转就是好的,攻克了一个!听说你还出了肝脏排异和口部排异?这两个没那么难受吧?

小C:肝脏排异不太难受,就是食欲会不太好。口部排异那就……厉害了……苦不堪言啊!

筱慢:会长很多小泡泡是不是?

小C:严重的时候才不是小泡泡呢,是满嘴大泡泡,舌头上全是,嘴唇也会溃疡!

筱慢:天啊,真的是太可怜了,这好疼好疼的吧!

小C:嗯嗯,口部排异真的是超级无敌难受,不能吃饭,张嘴都痛啊！每天做口部护理都超级痛苦，过了半个多月才好一点，不过还是有那种白色的东西，小泡泡，也是疼得不愿意吃饭。

筱慢：这种状态持续了多久？

小C：小水泡持续了将近1年，最近刚刚好些。

筱慢：嗯！又攻克了一个！

小C：对，打败一个怪兽，又升级了！

筱慢：你这一次住院，又是因为新的排异对吧。

小C：嗯，这次是肺部排异，本身比较危险，就马上回来住院了。

筱慢：你是一发现憋气就回来了是吧。

小C：是的，也算是及时处理了。

筱慢：治疗期间发生了什么事？

小C：虽然治疗比较及时，但是还是签了两次病危单，去急诊抢救观察室还用上了呼吸机。

筱慢：我的天啊，真的非常心疼你和你的爸妈。

小C：是的，还好他们一直陪着我。

筱慢：现在已经算是控制住了，最终你还是胜利了！又攻克了最大的一个难关！

小C：对啊对啊，胜利在望啦！

筱慢：那在这一年艰难的抗排异历程中，你是怎么支撑自己走下来的？你毕竟还是一个16岁的孩子啊！

小C：我相信明天，我相信风雨过后会有彩虹！还有，我喜欢大冰说过一些话，大致意思是这世间人事大多走的是欲扬先抑的抛物线，愿迤逦抛物线中的你饱经焦虑，饱经迷茫，饱经欲扬先抑的成长！

筱慢：天啊，你真的有着超越你年龄的成熟！

小C：最重要的是，我有自己的信仰和理想，我对未来的生活有着无限的想象和向往，我想通过自己的努力过上自己想要的生活，做自己想做的事情，爱自己该爱的人。人生苦短，不负此生，去实现自己的人生价值！而且我想到我有能力的那一天，去回报父母，尽可能地去回报那些曾经帮助过我的人，帮助更多需要帮助的人。

筱慢：天啊，我真的哭了！我觉得你就是一朵向阳花！一朵永远仰着头，朝着太阳微笑的向阳花！那你现在离开学校那么久了，每天的日子是怎么安排的？

小C：在医院也就每天想着吃啊，开心啊，别的也不想那么多，偶尔看看书，玩玩手机。在家里如果舒服的时候就写写字，做点课外积累啥的。

筱慢：嗯嗯，你的心态我真的是自愧不如！活在当下，过好每一天，未来交给时间，这就是生活。

小C：是的！

筱慢：好的，衷心祝福你们一家人。这次最大的难关又过去了，以后的好日子就要来啦！谢谢你给我们力量和鼓励！

小C是在看到我的公众号后主动联系我来给我加油的。这个只有16岁的姑娘在患病前有着嫩白透亮的皮肤、一头漂亮的黑色长发。好看的瓜子脸上嵌着一双忽闪忽闪的大眼睛，

青春洋　　　溢。经过数次的治疗和用药，这些往昔的美丽都消散了。我告诉她，　　美丽是会回来的。她笑了，说美丽算什么，活着就是幸福。在采访　　她的过程中，我几度落泪。她超越年龄的成熟和豁达，只能让我自　　惭形秽。就像她所说的，她对未来的生活有着无限的想象和向往，　她定要不负此生，去实现自己的人生价值。是的，向阳花，永远都　向着太阳生长，最终将结出丰硕的果实。祝福你，姑娘！

2018年10月19日

奇迹游乐场

附录

温暖和爱

一个即将在"移植仓"里度过的生日

从10多岁开始，我对过生日的态度就变得暧昧不清。

在那之前，生日代表的是聚会、礼物和纯粹的兴奋。突然有一天，这个欢乐的日子竟然凭空多出了许多让人捉摸不透的杂质。就像吃到一块糖的感受不再是肆无忌惮的甜，而是甜反衬出的苦和酸，是拿着糖却无人分享的寂寞。

我天生就是一个敏感多心的孩子，也许正因为如此，我过早地失去了享受生日的权利。和中秋节、春节一样，越是需要大家伙儿热闹和团聚的日子，我就越发觉得孤独和被世界所抛弃。

人真的还蛮矫情的，总是很容易沉溺在自己的孤独中，并从这种自我封闭中找到聊以自慰的美感，但其实内心深处极其渴望与世界、人群连接，躲藏只是为了避免被伤害。

我就是这么一种矫情别扭的动物。

好多年了，生日临近就约等于失落膨胀。到了当天，我会任由那种被遗弃的感觉把自己打倒，收起对朋友陪伴的强烈渴望，躲进自己的情绪里藏起来。

但是你们，我亲爱的朋友们，却总是能在你们毫不知情的情况下，在每年的这个日子，重重地把我从情绪的大门后拉出来，拉到温暖的阳光下，拉进轻快的鸟鸣中。

我是需要关心和爱的，但我总是不肯说出口。但幸运的是，你们从来不需要我说。

还记得大二那一年的生日，正赶上那一学期的期中考试，所以朋友们无法安排在生日当天聚会。我心里自然是失落的，但成人的世界，哪里有把自己的生日优先“置顶”的道理。晚上我从图书馆回到宿舍已经很晚了，洗漱完就打算上床睡觉，接到一通电话，里面传来卷毛鹄的傻笑。紧接着，12点，她便一个人提着蛋糕出现在了门口。

那天凌晨，她非要扯着她的大嗓门唱生日歌，我这张大脸都被她给丢尽了，可心里却被这小小的蛋糕塞满，甜乎乎的感受就和这段回忆牢牢地锁在了一起。

这样的回忆多得数不过来。多少个蛋糕，多少份礼物，多少声问候，一次次打破了我为自己设下的心理囚牢，一次次提醒着我，寂寞的感受仅仅是一种自我限制，只要呼喊，就会有应答，总有人在身旁。

今年我即将在“移植仓”里度过一个特别的生日。说实话我本来想得可悲惨了，一个人，没有蛋糕，没有好吃的，有可能还会呕吐、腹泻、浑身疼，简直没有更糟糕的事了。可最后，这竟然成了一个最让我感动的生日。

之前卷毛鹊说给我提前过生日的时候，我还像以往一样打算拒绝，怕给她增添麻烦。谁知一看到她要订的蛋糕，这个颜值，不吃到一口都不甘心入“仓”啊！所以当她把蛋糕带来的时候，我的少女心已经长出翅膀飞上天了。再到后来看到朋友们录制的视频，所有进“仓”前的紧张、焦虑和孤独都瞬间被眼泪排得干干净净。这是我真真正正第一次感受到心中充满了勇气，足以让我冲破面前所有的障碍和阴郁。

这是一种全新的体验，勇气的来源不是理性和责任，而是纯粹的被关心和被爱。

现在我在“仓”里写下这篇单纯的2018年生日记录，是为了在不靠谱的记忆篡改了事实前，把感动化为具象的文字保存，让我在多年后读起，还能抓住当下这一刻的感动和勇气。

吹蜡烛前，我照例许了3个愿望，虽然卷毛鹊说我许愿不用心……别理她，她尽会胡说，我写在这里吧，祝福所有看到这篇文章的朋友一是身体健康，二是感情顺利。

第三个愿望是许给我自己的，自然是保密咯。保了密就会实现的不是。哈哈！

最后附上卷毛鹊带来的史上最美蛋糕——小幸运。

我的朋友们，你们就是我的小幸运。

2018年9月29日

你有治愈别人的超能力

如果她有超能力，那一定是治愈别人的能力。

和筱慢认识的时候，我18岁，她17岁。转眼间，10年快过去了。我不想称呼她为闺密，也不想称呼她为好朋友——在我的生命里，她是非常重要的人，这样的人用任何词语都无法概括。

她好像一直在我身边。也只有她，见证了我这10年来的改变。她曾经开玩笑说，她真的很佩服她自己，竟然能跟过去的我成为朋友。我装作嗤之以鼻，说这就是命中注定，我什么样你都爱我。但是我又何尝不佩服她，竟然在我状态最糟糕的时候，仍然毫无保留地接纳了我。只是我从不惊讶，因为我知道，她的确有这种魔力——你会相信，不论你曾经做过什么，遇到过什么，她都会包容你，都不会评判你。不论是怎样的人，她都能真诚地爱着。因为在她眼里，每一个人都有闪光的地方。

她就像一个心理咨询师。她不会跟着你叹气，她也不会空洞地安慰你。她会大大咧咧地告诉你，你怕啥，你就做你想做的，别管别人。她会理所当然地告诉你，哎哟你就是很棒，特别棒。她说，我们要学会爱自己，要学会和自己和解。

她就像一个哲学家。我们曾经在无数个黑夜里聊生死，聊得失。那时候，我感到我在和一个历经磨难后大彻大悟的智者讲话。也是在那个时候，我知道，她对生命的理解到了平常人一生也无法企及的高度。而人终其一生，不就是为了寻找生命的意义吗？所以她说："死，我是没有在怕的。我只担心我爸妈。"

但她更是一个治愈者。

做心理测试的时候，她的测试结果是healer（治愈者）。她大笑着说："哎哟，我就是来治愈你们的啊。"我表面上翻了个白眼，但其实我知道，是的，她真的治愈了我。

我常常想，若是没遇到她，我会变成什么样？然后会忍不住脊背发凉。虽然我们都很不喜欢《摆渡人》这本小说，但是，她真的就像我的灵魂摆渡人。我为了重大决定举棋不定的时候，我被过去的事情困住的时候，我因为自卑而焦虑的时候……每一次，跟她聊聊天我就能豁然开朗，找回勇气。如果没有她，我大概真的会在漫无边际的荒原上迷失到底。

她最喜欢的小说家伊坂幸太郎的小说《摩登时代》里有超能力的设定——如果她有超能力，那一定是治愈别人的能力。

筱慢，我不会去祈祷。因为我更相信你自己的力量。

而现实面前，祝福显得那么苍白无力。既然我们都信奉尽人事听天命，那就先尽人事吧。配合医生，剩下的，我们走着瞧。

最后，还是想告诉你，我很爱你。放心，绝对"直"的爱，因为你长得就不符合我的审美。

柯基小简

2018年5月22日

GET AWAY! 癌细胞!

你现在要做的,只是整装出发,再次踏上你熟悉的战场,经历过,便无所畏惧。无非就是再打一仗而已。待你归来,依旧花一般的年纪。

“雷姐姐,你最近有看我的博客么?我好像又生病了呢。”

收到筱慢这条语音的时候,我正开着大吉普穿越美国内华达州的无人区。信号断断续续,时有时无,我没办法第一时间联系到她。但从她轻松的语气中,我感觉不应该有什么大事。

我所能想到的最坏的结果,就是筱慢的乳腺癌再次复发了。

穿过一段绵延的峡谷带之后,终于有了微弱的网络信号,我小心翼翼地问她:“是乳腺又查出来问题了吗?”

她回答:“姐姐,这次不是乳腺癌了,应该是之前化疗引发的白血病,就是血癌。你懂不,我觉得真是天上掉馅饼,又一次砸到我了。”

听完这条语音,我的大脑就像被电击了一般,完全失去了功能。窗外一望无际的盐碱地,寸草不生,完美地烘托了那一刻我悲凉的心情。

在此之前,我无时无刻不在感恩着生命。但那一刻,我想用尽一切我所知的脏话，在心里诅咒它一万遍。用我好朋友——知名作家辉姑娘的话来说，不是“一切都是最好的安排”吗？那么我想问问上天，这一次，又是你怎样的安排。

筱慢说目前还在新加坡化疗，6月上旬会来北京继续治疗。她发给我一段文字，说把我写进了她的博客里，想让我看看这么发行不行。她专门跟我说她没有用我的真名，里面所有的人名都是动物的名字，她叫我大雁姐姐，因为看我老是满世界飞，很忙很酷的样子。

大雁姐姐。

如大家在博客里看到的一样，筱慢问我是不是可以带她去定做那顶很昂贵的电影圈的假发。我告诉她不要买了，如果不嫌弃，我把之前的那顶送给她，这样她就能沾沾我的福气。

我一直觉得我是一个有福气的人。

认识筱慢是在2014年的夏天。那一年，我30岁整，拥有一间自己的工作室，每天像一只不断被人抽打的陀螺，不知疲倦地忙碌着。直到有一天洗完澡涂身体乳的时候，无意摸到左侧乳房里有一个豆粒大小的肿块。在医院拍了片子，医生说从形态上看感觉不是很好，需要穿刺活检。拿到检验结果：浸润型乳腺癌。

我不明白前3个字是什么意思，但后3个字，特别是最后那个字，就像一颗原子弹一样，瞬间摧毁了我的整个世界。

在我人生的前30年，我觉得癌症这种东西，只会出现在韩国影视剧里。

用了1周时间平复了情绪之后，我开始上网搜索一切关于乳腺癌的资料，大致得到这么几个有效信息：

1.这个病若是发现得早,要不了命。

2.依照病情,可以选择保乳手术或者全切。

3.治疗需要化疗和放疗。

考虑再三,我决定先不告诉家人,找表姐联系好了北京大学肿瘤医院,果断开始治疗:先化疗,再手术,然后再化疗,最后放疗。

知道化疗随时都会脱发,于是早早地找到了我们圈里最有名的头发造型师秋文姐,做了筱慢口中那顶昂贵的纯手工假发。

知道可能在手术中被摘除乳房,于是又联系了圈里的好友,预订了韩国隆胸最好的医院和医生。

我跟好朋友说,如果真的切了,就当我妈没给我生胸好了。

遇到筱慢时,是结束了第一期的化疗,住院准备手术的时候。我不知道为什么别人在化疗开始没多久就开始脱发,但我手术前还依旧顶着一头浓密的黑发。我在不穿病号服的时候经常被换了班的医生和保安以为是探病家属往外撵。当我说了我是病人之后,她们就像见了鬼一样大叫:“你为什么还有头发?!”

这个问题,不是应该我来请教你们?

住院之后我有一个习惯,就是每天早上都要去护士站看看墙上的病友卡片,上面有名字、床位和年龄,很长时间里我都是那个最年轻的,直到筱慢入院。

她的卡片上,赫然写着年龄,22岁。

22岁。

22岁,我在干吗?记忆回到那一年,我大学即将毕业,顺利地进了中央电视台实习。每天挤着沙丁鱼罐头一般的地铁和公交，憧憬着未来成为一名成功的白领女性。

短暂的游离，思绪又回到护士站的病床卡上。

她是怎样一个女孩？有没有开始化疗？是不是已经开始脱发？状态怎么样？有没有被癌症吓倒？

当时我们病区就有一个大我3岁的女孩，每天睁眼哭到闭眼，她妈妈悄悄地找到我妈妈，说能不能去劝劝她女儿。因为我是住院部出了名的抗癌小能手，穿梭于每个病房，用我看似依旧健康的躯体和浓密的头发传递给所有病友一个信息：你们看，癌症并不像你们想象得那么可怕啊。

但是这次，我犹豫了，我实在不知道要怎么去开导一个22岁患了癌症的女孩。

跟她说"没什么大不了的！肿瘤嘛，切掉咯"？

还是要跟她说，"你需要调整好自己的心态，积极地与癌症做斗争"？

或者直接卸下坚硬的盔甲，抱头痛哭一场？

我挣扎了一天之后，最终还是敲开了她的病房门。

她跟我一样，都是住在独立病房里。

病床上坐着的女孩，短发，拥有一张年轻而有活力的脸。若没穿那身病号服，就像邻家小妹妹。

当我正想自报家门说明来意时，她先开了口："姐姐，我知道你住我隔壁，昨天我妈妈和你妈妈打水的时候聊过天了。我没事啦，这已经是第二次来肿瘤医院了。我两年前做的手术，这次是复发。"

什么情况？

接下来就变成了她用亲身经历告诉我之后放化疗可能出现的各种状况，比如说化疗导致脱发后，头发多久可以再从脑袋上爬出来，当结束化疗2个月左右，发现圆溜溜的头顶开始有绒毛的时候，不要高兴得太早，因为那些并没有什么用，而是需要继续剃掉直到长出足够坚硬的毛发。尽管之后的放疗每天只有1分钟，但用不了几天，胸前和脖子淋巴被照射的皮肤会呈现出一块四四方方的红黑印。45天下来，如果皮肤质量好并且足够幸运，被射线照过的地方有可能不裂开、不流水。那个印记会像魔咒一样，跟随人很久，大概经历过三冬两夏之后，它才会基本恢复本身的颜色。

我当时听她描述的时候就像听恐怖故事。尽管在不久之后，它们都如约而至。

在聊天的过程中，我尽量多地问了她一些关于她术后恢复期的事，我想从中抽丝剥茧，得到一些有效信息，看看是什么有可能导致癌症的复发。她看出我的用意之后跟我说："姐姐，我跟你们不一样，我妈妈之前就是乳腺癌。我手术完之后一直都有遵医嘱按时吃饭、睡觉、吃药，但这次还是检查出来有3个钙化点。我新加坡的医生跟我说这种情况并不常见，应该是基因问题。"

筱慢的那次复发，虽然只检查出一侧有癌细胞，但最终她决定两侧乳腺都摘除，以绝后患。

在这个问题上，我必须承认，她拥有一颗比我年轻却强大百倍的心。

我的手术先她一周。我很顺利地做了保乳手术，节省了一笔去韩国隆胸的钱。

我出院前一天筱慢刚下手术台，临走时去跟她告别，她胸前缠着绷带躺在病床上不能活动。我问她感觉怎样。她艰难地挤出一个字，疼。

那次大概是至今为止，第一次也是唯一一次她告诉我，疼。

之后的几年，我在北京，她在新加坡，时不时问问对方的身体状况，有没有换口服药，有没有继续打针，她有时候会咨询我一些情感方面的问题，我就以一副过来人的姿态告诉她我的感受和看法。每年两次复查，我们在拿到安全的检查报告的第一时间就会告诉彼此。我们有好几个一起治疗的病友之后都保持着这个习惯，即便平时很少联系，到了复查的日子也都会报个平安。

我以为我们会一直这样平安下去，直到那天，在美国收到筱慢的坏消息。

回到酒店以后，我翻看了她最近的博客，里面记录了她从身体上发现瘀青到经历完各种检查之后确诊及现在治疗的过程，虽然文字看似云淡风轻，但从她那句“比乳腺癌的治疗来得可怕”，我便知道，这次是一场前所未有的硬仗。

除了她自己，我想谁都不会明白她正在经历以及即将经历什么。

学中文的我，第一次感觉到自己语言的匮乏，我不知道这次要用什么方法去安慰她。两次乳腺癌的治疗经历，已经让她从一个大学女生进化成一个与癌细胞交战两次，并且每次都胜出的战士了。她结束了学业留在新加坡当了一名老师，每天辛勤地工作，努力地生活。她应该拥有且必须拥有更美好的生活。

临回国前一天，我跟筱慢说我在飞机上也会写一篇关于她的文章，她可以发在博客上。她开心地说，好啊。

所以此时的我，在回北京的飞机上写下这些文字。我应该继续做她眼中的大雁姐姐，每天迎着太阳飞翔，让她看到希望。但是，我已经失去了这样的权利。我有什么资格云淡风轻地跟她说，“没事，都会过去的”？

所以，在万米高空中，我想说的是：生活怎么可以这样对待一个向阳花一般的女孩？一个本应享受完大学校园生活，走上社会，去实现梦想的年龄，却在这里左手矛右手盾地随时抵挡这些说来就来的病！此时的我离天更近，如果真有所谓上天，我相信它一定能清楚地听到我对它的咒骂。

我坚信这次筱慢依旧会跟之前一样，搞死那些不知道哪里钻出来的淘气而可恨的癌细胞。但是，这次以后，请有多远滚多远，你们已经尝试过用淫威打败我们，屡战屡败，这一次，注定又输一次。那么这次，癌细胞，放弃吧，请回吧。

此时此刻，我依旧感恩生命，但是对于那些境遇，我高高竖起我的中指。

筱慢，你不用感恩生命中所有的一切，有些经历，配不上你的善良和赞美。你现在要做的，只是整装出发，再次踏上你熟悉的战场，经历过，便无所畏惧。无非就是再打一仗而已。待你归来，依旧花一般的年纪。

永远站在你身后的大雁姐姐

2018年5月26日 3点29分

书于美航181客机

又见筱慢

笑，可以止疼；爱，可以疗伤。

又见到筱慢了，很想上前像抱住自己女儿一样紧紧抱住她，但看到来自新加坡花园城市的孩子戴着北京人熟悉的猪嘴口罩，我忍住了。我包里也预备了一堆口罩，不仅给我自己，也给今天晚宴的客人；并非为北京雾霾，只为怕口里的浊气把这位来自无尘世界的豌豆公主给吹化了。所以只是远远站着问声"路上都还好吧？"同时直奔一大堆行李箱而去，似乎这次迎接的是无比重要的一堆大箱子，而不是眼前如同我亲人般的这一家人。

上一次在北京见面是什么时候？是高兴地听到她的乳腺癌复查情况已经越来越好，基本不用再来北京复查了。再之前呢？当然是在北京大学肿瘤医院，见到隔着20多年光阴、似乎瞬间长成大人却又重新像婴儿般躺在床上的老师的女儿，为她的成长欣喜，为她的疾病而痛惜。

再之前呢？隔着长长的20多年的空白，镜头瞬间拉回到1991年，正在蹒跚学步的筱慢，一步不曾离开过初为人母的妈妈的眼光。那位新任的母亲，带着无比的惊喜和怜爱注视着这个行走的小生命。初为人母的她还有些不知所措，生怕有闪失。那是我们毕业后第一个暑假去看望老师，见老师的目光一刻不停地在她女儿身上游走，几乎没空落到我们身上。在满口赞叹这小生命的同时，我们略带着从此将被忽视的失落离开了。那时候并不知道那是跟老师在故乡的最后一次见面，更不知道多年以后我们还有绵绵不尽的缘分。

这个跟我学生同龄，却敢管我这大妈级的老师叫"姐姐"的小公主，并非出于无礼的僭越，就是仗着她有一个很年轻就成为我中学老师兼班主任的"母后"。

那时候她的"父皇"和"母后"正在热恋的蜜月期中，一个是翩翩少年，一个是温柔婵娟，为这将要到来的孩子预备产床，按照书里的规定动作续写"王子和公主结婚了，从此以后过着幸福生活"的人生童话。不过从我们的角度，按说不该叫他们"父皇"和"母后"，应该叫"母皇"和"父啥"呢？汉语里有跟男老师相配的"师母"，却没有跟女老师相配的"师公"？如果要给"父皇"一个附着于我们班主任身上的称号，那就是"副班主任"。

我们这位班主任，刚上任就甩给我们一句名言——"我这人从不喜欢管人，也不喜欢被人管"，以反证校方安排她当班主任实在是个天大的错误。当然也因为她一生唯一一次赶鸭子上架的班主任从业经历，让我们也成为她这位生物学"副课"老师难得的很熟悉的一届学生。有了这句名言，似乎将这个班放手交给她老公也就无比地顺理成章并且理由充分了。

这位名副其实甚至实过其名的"副班主任"也是当仁不让，且十分抢镜，不仅是带领我们班上男女同学初次步入人生舞池的探戈王子，而且作为一名初出茅庐的物理老师，将物理学的力学原理成功融入舞蹈艺术，其自编自导的女生独舞《故乡的云》竟然还让我们班大出风头，获得县城舞蹈比赛一等奖！

后来我才明白：原来我们老师不是不爱管人，得看是管谁，看看她指数爆棚的母爱就知道；也不是不爱被人管，得看是谁管，想想她为了爱情义无反顾放弃待遇良好的高校、放弃作为一名优秀生物学者的前程，“下嫁”到我们县城师范就知道。这是一个乐意被“爱”管辖的女子，这个外表柔弱、内心坚韧的女子，为了爱，可以把自己降到尘埃里；为了爱，可以把所爱的人高高托起！

只有长期浸润在爱和自由的家庭里的孩子，才能养成一种百无禁忌的天真。再见筱慢，仍是两片薄薄的嘴唇，憨憨地笑起来似乎能咧到耳根子去，正好由一张宽幅足够的脸庞接住。这个长相与性格像极了父亲的女孩，用我们老家的话说叫“女儿像爹，有吃有提”。一朵正在盛开的夏荷，一切都是刚刚好。似乎疾病从不曾来吞噬，风霜也不曾来侵袭。如果不是她那酷酷的光头提醒着你，她与体内疯狂进攻的癌细胞刚刚进行过的一场场殊死搏斗；如果不是她手臂上滞留的静脉针管告诉你，她随时还需要披挂上阵，迎接一场又一场甚至会更严酷的战斗；如果不是她衣食住行中母亲谨遵医嘱随时在旁边提醒的“三十大纪律八十大注意”……你不会相信这是远比上次的乳腺癌之战来得更为迅猛和惨烈的血癌之战！她那位在每年高考前夕都信心百倍地指挥千军万马决胜高考战场的校长父亲，此时放下了他的千军万马，终日守护着他一生钟爱的女儿。眼睁睁看着女儿被悬在一个高高的危险秋千上,眼睁睁看着她让一只不负责任的手任意地悠来荡去,只恨自己无力用强大的力学原理把该死的癌细胞从女儿的血液中赶出去……“千军万马不抵她一人。”他说。岂止千军万马?用她给你换整个世界,你要吗?“我不要。”校长低声脱口而出。

每个成年人都是劫后余生。天灾人祸在这个世界上是如此自然,就像随手翻开一张带花色的纸牌。如果说人生是一场修行,首先就是面对痛苦和死亡的修行。我认识一位多年从事中美孤儿领养工作的美国朋友,听说了不少身患重病的孤儿远涉重洋“麻雀变凤凰”的故事,有人羡慕地说:“这些孩子真幸运,遇到了这么好心的家庭。”而养父母却答道:“不,是我们太幸运。上天派这些天使般的孩子来锤炼我们真正的爱心,让我们变得更好,我们非常感恩!”

我们每个人,毕生都是身体的囚徒,拖着沉重的肉身在世上行走。健康时,是欲望的囚徒;不健康时,是疾病的囚徒;衰老时,是死亡的囚徒。然而,病痛以其浓重的暗影衬托出上天创造生命的精密与奇妙,每个人在正视它的同时受到纯正的洗礼。如果我们害怕,我们将加倍疼痛。笑,可以止疼;爱,可以疗伤。自己疼过,才更能理解体贴他人的疼,才更有能力去抚平他人的疼。古人云:“人之初,性本善。”但那最初的善与爱往往是不可靠的,只有经历过疼痛而不被疼痛吞噬的人,才能抵达至善与大爱,才能拥有真正的喜乐。

如果你有幸抓到了一手好牌,不必欣喜;如果不幸抓到一手烂牌,也不必哀怨。幸与不幸不在境遇,而在人心。

筱慢，你抓的这手牌确实够烂，十万分之一的血癌概率落你头上就是百分之百。一轮轮疾病的狂轰滥炸，可以让你的身体躺下，却从不曾让你的精神倒下。我们看到了从废墟上盛开的美丽花朵，看到了从疾病中顽强怒放的生命，看到了在痛苦中从不褪色的笑容！

今天，北京的平安大道已为美丽的筱慢公主铺开了红地毯，有一天，我们会奏响《得胜令》，迈过德胜（“得胜”）门，迎候浴火重生的公主“班师回朝”！

海豚姐姐

2018年6月6日

现实残酷，而你的灵魂天真而纯粹

正因为这个世界充满残酷的现实，所以那些天真而纯粹的灵魂才会显得弥足珍贵。

“你是画家啊？”

“‘家’暂时还不敢当，我就是个画漫画的而已。”

我和筱慢的交集就是从这样的对话开始的。起初，只不过是闲聊扯淡，工作、兴趣、偶像……我们发现彼此很多地方都很相似，于是她就成为第一个能够在网上和我聊得这么投机的人。随着交流的推进，我渐渐发现她了解我曾经想要触碰却无奈错过的一切，社会学、哲学、太宰治……每一个词、每一句话都吸引着我，让我想要了解她更多，就这样，我看到了她身上在我看来最耀眼的一面……

如果说之前的闲聊都是流于表面的扯淡，那么之后我所感受到的则是她深入骨髓的价值观：哇哦，原来她也是一个“天真的孩子”。

她说她热爱阅读，热爱写作，当时我并没有很在意。她只是在聊她的兴趣而已。但是当她告诉我她拿到了香港中文大学的硕士研究生录取通知书，主修“中国文学”，并在纠结“是去香港深造还是留守新加坡读研的时候，我才意识到，那不仅仅是热情，那是对文字与作家梦的执着与深爱：这姑娘也怀揣着梦想，更关键的是，她有在付出努力！

一个曾经主修统计学的人，最后勇敢地踏出了追逐作家梦的脚步。这对拿着建筑学学位而傻傻追求漫画家梦的我而言，简直就是命运的邂逅！

不论是曾经的学生时代，还是如今的工作生活，长期以来，我总是会有一种与周围人事格格不入的感觉，在家人朋友或是别的人看来，我是一个“做着漫无边际的梦的长不大的孩子”。“漫画家？你疯了吗？别做梦了，是时候收心了。”这些话足以高度概括周围的人对我的评价。纵使时常有人陪伴，但仿佛与这个现实世界脱节的我终究逃离不了那种内心的孤独与累。就在这个时候，我却遇到了这样一个好像和我一样的天真的孩子。

于我而言，她简直就是一道光。

她说：“我的本科同学现在从事××行业，工资是我的好几倍，不过我也不羡慕。”

她说：“我还是追求自由的，在各方面，物质方面我也是，我不是很关注物质，哈哈。”

她说：“哇！好酷！我要截图！激励自己！屏保！我喜欢吃！我要通过写东西来吃！”你看，多幼稚，多孩子气。这就是一个天真、纯粹、直接的孩子，我喜欢这样的人。

这个世界上有3种人：

一种是安分守己，安心过着自己小日子的人。这种细水长流的满足感,很好。

一种是怀揣梦想,但是仅仅沉迷于虚无缥缈的幻想中而不曾付出努力的人。这种日益颓废的自欺欺人,很糟糕。

第三种是心存理想、踏实付出、勇往直前的人。那种纯粹而专一的热爱,很美。

而她就是第三种人,保持着孩童对感兴趣之物的执着,同时又成熟地努力付出。或许她曾经在大学里捧着自己毫无兴趣的教科书,曾经在公司里做着一份不是那么满意的工作,曾经遭到过其他人的种种质疑,但是这一切都带不走她内心深处对文字的热爱,对作家梦的渴望。既然内心深处一直渴望,那为何还要压抑?就这样一个人默默忍受着来自内心深处与梦想擦肩而过的隐隐之痛,然后过完一生?当然不,于是她行动起来……

只可惜,偏偏就在这个时候,来了一道晴天霹雳。有时候命运就如同上帝精心设计的剧本:主角不想要什么,就给她什么。

"医生说是血癌,呵呵,人生很圆满。只是刚刚找到你这个聊得来的灵魂伴侣,很可惜。没事啦,兵来将挡,水来土掩!"

她就是这样告诉我这个噩耗的,用她一贯元气满满的文字。

她说:"没事的!坚持就是胜利!"

她说:"没事的!我是有经验的人!"

她说:"没事的!我告诉你这个故事,你可以当漫画素材!哈哈哈哈!"

没事的,没事的……总是用这样元气满满的态度来抚慰别人,尽可能把痛苦深埋自己的内心,把压力往自己肩上放,你太善良了,总是顾虑到别人的感受……

那你自己呢？曾经在教室，曾经在公司，而今在病床上……一路走来，不累吗？

发泄出来吧，悲伤也好，恐惧也好，愤怒也好，不管什么，全都从内心发泄出来吧。然后，重新开始，振作起来。

要知道，你面对的不仅仅是当下的病痛，还有未来很长很长的人生啊。

写到这里，我发现自己已经不能再写下去了……因为已经超字数了……说好的600字呢?！但是还有很多很多话想说，不过不急！以后还有的是机会，现在安心养病是关键。最后，我还是忍不住再多说几句，此刻我不得不开启我的“严肃说教模式”。筱慢，可以流泪，但是不能认输；可以喊累，但是不能放弃。你可是未来要成为作家的女中豪杰，这或许就是上帝给予你的考验：看啊，那姑娘经受住了这么多考验，好吧，决定了，她和她的文字将流芳百世！轻轻松松就倒下的人还谈什么作家梦？所以，站起来喊一句：去他的命运！该是老娘的，老娘就一定要拿回来！这就对了。

千　木

2018年5月20日

妈妈日记

2018年5月3日，命运又一次以它狰狞的面孔出现在我的面前，我在它无情的击打下手足无措，渺小如草芥的我要怎样才能挣脱这宿命的蹂躏？我不知道，我真的不知道！

亲爱的女儿，我的宝贝，妈妈要怎样才能将你紧紧地拥入双臂，轻轻抱在怀里，让你远离痛苦、煎熬，帮你完成你那些美好幼稚的憧憬和不着边际的理想。明天你又将开始那痛苦的忍耐，你的坚强、你的乐观让妈妈心如刀绞，无人的深夜梦魇鬼魅般徘徊在胸口，我是多么希望一切真的只是梦……

2018年5月5日1点30分

静夜，思绪漫游，茫茫然无方向，无目标……

今天卷毛鹄专程从北京飞过来探望慢慢，我的女儿，你何德何能，得到了这么多朋友的关心和祝福！从刚入院的3个室友加1个姐姐的操劳，到今天的小团团不远万里日夜兼程，还有远在重庆的加菲猫的遥远牵挂，众多坡上小伙伴的深切慰问，你收获了多少爱、多少情、多少世间难得的真心，为了这些深情厚谊，你也要好好的。爸爸把那么繁忙的工作都放下了，真的是不顾一切不计后果了。妈妈会如同前3次一样，天天陪伴在你

身边，直到你康复，为了这份割舍不下的恩情，你也一定要好好的……

今天，是正式开始治疗的第一天，我们打响了本次战役的第一枪。在今后的战斗中我们一定能取得一个又一个的胜利，嗯，一定的！

2018年5月6日0点30分

今天是第一疗程化疗的第6天，妈妈越来越担心，越来越无助。从第1天开始有点低热到近3天的高烧不退，不知原因，没有办法。昨天的CT显示肺部感染，医生的话语句句捶打着我的心脏，那么多的可能、那么多的未知、那么多的“发展情况因人而异”……我终于体会到当初医生说的首次化疗有点凶险的“有点”是多么轻描淡写，我希望我有医生们一半强大的心脏来承受眼前的这一切……我的女儿，唯有你的坚强、你充满信赖的眼眸给了我无限的力量和信心……宝贝，爸爸妈妈会一直和你在一起！爱你！扶持你！

2018年5月10日中午

陈京文

它是不是永远都这样了？

呜呜呜……

别哭，

我们走近看看。

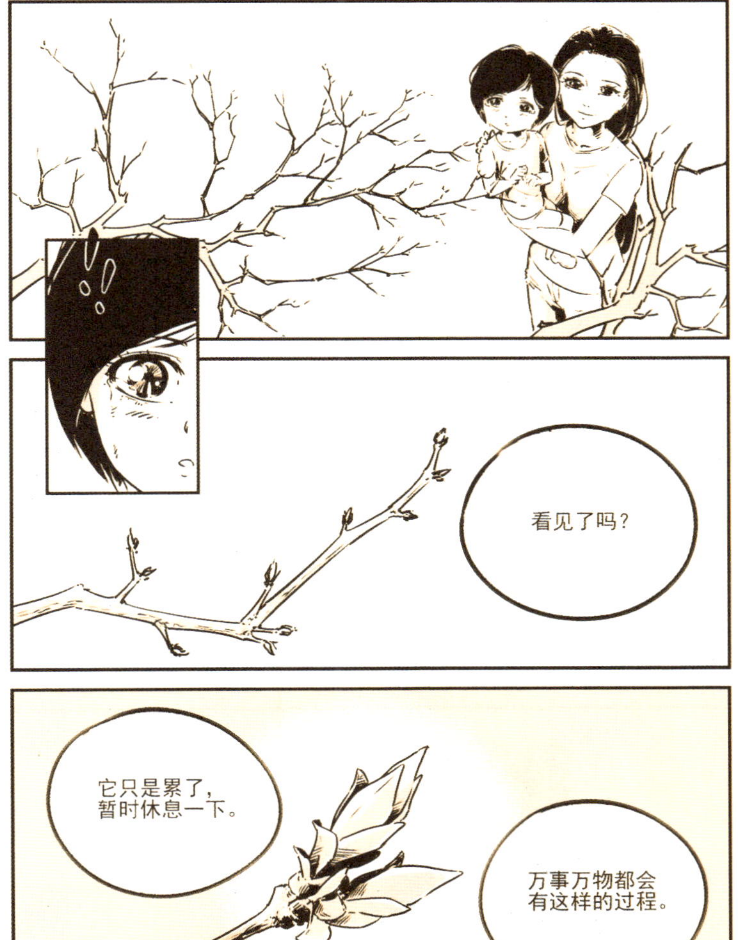
看见了吗？
它只是累了，暂时休息一下。
万事万物都会有这样的过程。

一切都是为了
日后的勃发。

花落，仍会花开，

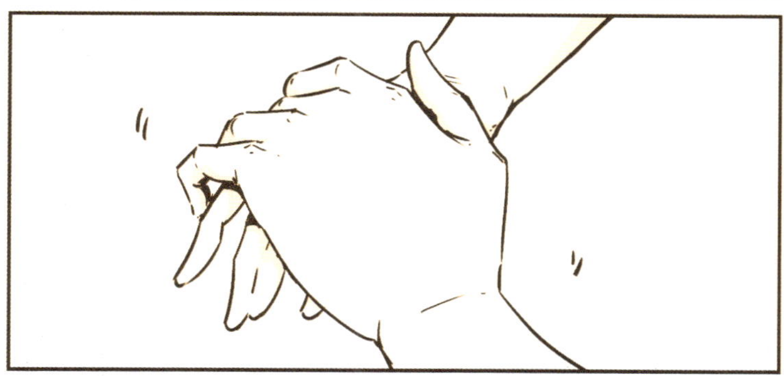

这就是生命，
它比我们想象的要顽强得多，

所以，就算流泪，
我们也要骄傲地
保持微笑！

爸爸日记：你在"仓"里，我在"仓"外

10月7日

你在“仓”内，我在“仓”外
亲情连线间的半小时
我们共同站在了视频之桥上
你看到了我
我看到了你
你听到了我
我也听到了你

你孑然一身独处“仓”内
孩子，还好吗

丝丝牵挂中似乎　往昔的画面又回到了眼前
飘着雪花的　大地上我们在嬉戏
蹒　跚　着，你张开双臂跑过来
　　爸爸，抱

爸爸，抱抱
倏忽间眼里噙满了泪水
瞬间拭干
孩子你等着
老爸在打增白针

10月8日

你在"仓"内，我在　"仓"外
早早地我起来了
记忆中未曾这么　快醒过
洗脸刷牙打针抽　血
静待中
手术担架车过来　了

趴在手术台上的我　怎么一点都不紧张
那么多医生护士忙　碌着吆喝着
我竟然像你小的时候　那么乖
一切行动听指挥

消毒局麻自体血回输
针扎进去了
咬着牙攥着拳头闭着眼睛
眼前满是幸福的

光着头的你

孩子你等着
我们正在采集骨 髓血
医生,能多抽点吗

10月9日

你在“仓”内,我在“仓”外
急诊室里打完最后一支增 白针
如约来到干细胞采集室
平躺5小时后
16000毫升的循环血量
换来350毫升的干细胞
这可是造血和免疫重建的种 子啊
医生,下午就能回输到孩子 身上吗

孩子
我也看了你昨日写的《我 的重生日》
你果真就是那新生的 女孩吗
幸福的眼泪始终 模糊着我的双眼
老爸没你想 象得那么伟大
老爸只 是像过往一样
那么傻傻地爱着你

愿意为你做任何事情
而沉静勇敢乐观地
触摸着这个世界和生活的你
才是老爸心中永恒的骄傲

涅槃重生人生崛起
是生命的礼赞
无数温暖话语的陪伴　与支持
慰藉着那颗感恩的心
孩子
世界依然是你的
向着阳光
未来已来
让我们一起拥抱　那抹金色

生命的感动流淌在　爱的河床上
孕育着一切希望和　梦想
加油,筱慢

李茂兴
北京

以上的小诗,是我在患上急性髓系白血病,　在北京大学人民医院无菌室里完成大化疗后,等待骨髓移植的时候,　老爸发来的。老爸作为供者，在“移植仓”外紧锣密鼓地打增白针，配合医生采集骨髓血和造血干细胞，期盼以最快速度回输给我。

我爸不是那种善于表达感情的人，在家里向我讨要拥抱的时候，也总是一副憨憨傻傻的模样。

是的啊，我怎么能忘记呢？他就是这样一直傻傻地爱着我呀。